KB121993

미친,
오늘도
너무 잘 살잖아

미친, 오늘도

너무
잘 샀잖아

확고한 기준으로 가치를 소비하는
이 시대의 생활비법

안희진 지음

프롤로그:

세상에 나쁜 쇼핑은 없다

어제도 샀고 오늘도 샀다. 누가 시킨 것도 아닌데 매일 무언가를 살 생각에 바쁘다. 피자집에 가면 피자 커터가 탐나고, 단골 옷가게 신상은 직원보다 먼저 외운다. 날 때부터 이런 건 아니었다. 돈은 무조건 아껴야만 좋은 줄 알았다. 돈을 벌게 된 후에도 몇 년은 대학생 때 입던 고추장 색 솜 패딩만 입었던 나다. 갑자기 솜으로는 견딜 수 없는 추위가 닥치자, 남들은 기다렸다는 듯 혹한기용 패딩을 꺼내 입었다. 모두의 혹한기 앞에서 나만 방한용 솜 패딩이었다. 남들은 그럭저럭 추운데 혼자만 죽을 만큼 추운 게 속상해서 패딩을 사러 갔지만 어떤 것부터 따져봐야 할지 막막했다. 우여곡절 끝에 나도 혹한기용 패딩을 샀다. 그 이름도 찬란한 '남극'이라는 어원을 가진 패딩이었다. 남극 패딩은 가볍고, 따뜻하고, 심지어 맵시도 있었다. 혹한의 계절에 추위를 걱정하지 않게 된 대가로 나는 봄이 오고 나서도 할부를 갚아야 했다.

패딩은 나에게 두 가지 교훈을 주었는데, 첫 번째는 웬만하면 돈으로 해결할 수 있다는 것과 두 번째는 그만한 돈을 벌려면 열심히 일해야 한다는 것이었다. 나는 눈앞에 어른거리는 또 다른 패딩을 위해 소처럼 일했다. 월급은 한결같이 작고 귀여웠지만 내가 좋아하는 하리보 젤리 한 통을 산다든가, 보리차를 끓이는 대신 시판 보리 음료를 마신다든가 하는 정도는 할 수 있게 되었다. 문득 일하기가 싫어지거나, 대학생 때 누렸던 길고 긴 방학이 떠오를 때는 고추장 패딩을 생각한다. 겨울을 준비하는 법을 몰랐던 시절. 젊은 시절의 나는 좋지만, 고추장 시절로 다시 돌아가고 싶지는 않다. 그럼 다시 처음부터 사계절을 준비하는 법을 배워야 할 테니까. 지금의 나는 겨울 추위가 두려워 여름에 겨울옷을 사고 봄에는 샌들을 사며, 비가 오지 않을 때 장마를 준비하는 사람이다.

과거의 내가 부지런히 마련해 놓은 아이템들을 개시할 때면 그렇게 뿌듯할 수가 없다. 특히 이번 여름에는 고무 재질의 푹신한 샌들을 미리 사두었는데, 역대 최장기간의 장마를 맞이하면서 장마철 최고의 효자 아이템이 되었다. 비 오는 날 발이 젖는 것은 피할 수 없는 일이기에 효율적으로 발을 적실 신발이 필요하다. 착화감도 우수해 감동한 나머지 주변에 열심히 전파한 덕에 다섯 켤레 정도는 더 판 것 같다. 그뿐만이랴. 파격 특가로 만 원도 안 되는 가격에 구매한 무민 3단 우산은 길고 긴 장마를 견디게 해주는 유일한 응원군이었다. 습한 날씨에 마스크까지 써야 하는 현실이 답답하고 슬펐지만, 우산을 펴고 무민을 보는 재미로 길고 긴 장마에도 나의 소중한 기분을 지킬 수 있었다.

그렇다. 돈을 쓴다는 것은 뭔가를 준비하는 일이다. 문득 사는 게 지루하고 똑같게 느껴질 때, 다가오는 하루를 기대하고 싶은 날 돈을 쓴다. 내일 만날 아기를 위해 사운드북을 사는 것, 완벽한 술자리를 위해 소맥탕탕이와 셀카봉을 챙기는 것, 마음이 복잡한 친구에게 위로의 음식을 보내는 것, 이모티콘을 모르는 부모님에게 첫 이모티콘을 선물하는 것. 거창한 포부가 아니더라도 사소한 소비 하나로 하루를 활기차게 보낼 수 있다. 고작 몇 푼의 돈으로 다음 날의 다음 날의 다음 날인, 먼 미래를 준비할 생각은 없다. 그저 내일의 나와, 내가 사랑하는 사람들을 생각할 뿐. 그렇게 이것저것 사는 재미로 산다.

돈을 아끼지 않는 것은 과연 나쁜 일인가. 이렇게 살맛나게 하는데! 그래서 어제도 샀고, 오늘도 샀다. 세상에 나쁜 쇼핑이 있을까. 누가 뭐래도 나는 아니라고 생각한다. 세상에 나쁜 쇼핑은 없다.

목차

* * * * * * * * * * * * * * * * * * * *

쇼핑에 서툰 당신에게

- 쇼핑 초심자에게 필요한 마음가짐 -

나는 돈을 물처럼 쓴다. 가끔은 물보다 더 많이 쓴다. 그렇다고 내가 고액 연봉자인가 하면 전혀 아니다. 그저 하루 벌어 하루 먹고사는 하루살이일 뿐. 직장 내 계급 피라미드에서는 최하층은 아니지만 막내 쪽에 속한다. 한마디로 아직 눈치 볼 시기라는 뜻이다. 얼마 전 부서를 옮기고 나서 깨달았다. 나, 쇼핑에 도가 튼 여자구나! 전입한 지 한달도 되지 않아 책상을 가득히 채우고도 또 택배를 기다리는 나를 보며 동료들은 혀를 찼다. 미니멀리즘에 위배되는 맥시멀리즘의 길을 걷는 나.

맥시멀리즘을 몸소 실천하기 위해서는 부단한 노력이

필요하다. 쇼핑에 대한 생각을 절대 게을리 해서는 안 된다. 환경 변화에 취약한 나는 부서를 옮기고 심각한 공황에 빠졌다. 사도 사도 살 게 너무 많다. 세상은 넓고 재화는 많고 통장은 속절없이 비어간다. 나는 사고 싶은 것이 많았고 마치 불경스러운 마음이 들키기라도 할까 봐 그 마음의 크기만큼 눈치를 심하게 보았다.

쇼핑에서 제일 중요한 것은 합리화다. 은근슬쩍 내 관심사를 모두의 관심사로 몰아가는 것이다. 가끔 운이 좋으면 이 지점에서 공동구매로 이어지기도 한다. '공구'의 마법은 천 원짜리 스테인리스 빨대보다 비싼 배송비를 혁신적으로 줄여준다. 나 같은 사람 여섯 명만 모아도 배송비는 400원이 된다. 총대인 나에게 쏟아지는 관심은 덤이다. 왜냐하면, 이건 나만의 쇼핑이 아니라 우리 모두의 쇼핑이니까!

하지만 모두의 쇼핑이 아닌 경우에는 더 치밀한 준비가 필요하다. 낚시할 때 경건히 밑밥을 던지듯이, 일요일 밤 나는 재화 수십 개를 탐닉하며 장을 본다. 어떤 시험이더라도 후보가 있어야 최종 합격자가 있는 법이다. 달갑지 않은 월요일 출근길은 1차 합격자를 걸러내며 상큼하게 시작한다. 지하철에서 많은 재화가 눈물의 고배를 마셨고, 또 다른 재화들은 무혈입성하기도 했다.

1차 합격자를 고르면, 곧바로 최종 합격자 물색에 나서야 한다. 쇼핑에서 제일 중요한 건 배송. 상품 질보다 중요한 것은 배송이다. 아무리 고급 재화라도 한 달이 걸린다면 소용이 없다는 것을 우리는 모두 알고 있다. 그렇기 때문에 쇼핑 초심자에게는 오늘 오전에 구매해야 당일 발송이 된다는 절박한 자세가 필요하다. 세상은 늘 뜻대로 되지 않아서, 대부분은 익일 배송이 되고 10차 리오더라는 악마 같은 말로 삼 주 이상 지연되기도 한다. 또 오랜 지연 끝에 품절이라는 시련이 닥치기도 한다.

우리는 직장의 외거노비로서, 회사에 도착하면 손가락은 회사의 것이 되고 만다. 그렇지만 손가락이 없다고 쇼핑을 포기해서는 안 된다. 그것은 쇼핑 초심자다. 나 같은 쇼핑 고수는 웬만한 건 출근길에 산다. 오전 시간이 너무 바빠 결제할 손가락이 부족하더라도 기죽지 않고 점심시간에 한다. 그게 안 되면 퇴근 후에. 할 수 있는 한 최대한 빨리 사기만 하면 되는 것이다. 결제 전에 하는 고민은 배송을 늦출 뿐이니까!

이것저것 주절거려 봤지만 쇼핑에서 제일 중요한 것은 마음가짐이다. 모두와 함께하겠다는 공리주의 마인드, 오늘 오전에 사야 내일 온다는 절박함, 효율적인 쇼핑을 위해 미리 준비하는 치밀함, 격무로 쇼핑에 실패해도 실망하지 않는 의연함! 마음 그 밖에는 물 쓰듯이 쓸 소량의 돈. 그마저도 없다면 신용카드와 그것을 갚아낼 미래의 나 한 사람이면 충분하다. 덕분에 나는 오늘 택배를 여섯 개 받았고, 평소보다 여섯 배 행복해졌다.

일찍 일어나는 새가 마스크를 살까

- 코로나 시대의 작은 소망 -

코로나 시대가 도래한 후, 새로운 능력이 생겼다. 바로 약국 이름과 위치를 정확하게 외우는 능력이다. 평소에는 약국이라고만 기억하던 것이 이제는 어드메의 대명약국, 소망약국, 수정약국 등으로 세분화되었다. 이 모든 것은 마스크 때문이다. 마스크를 써야 바이러스를 막을 수 있고 바이러스를 막아야 살아남을 수 있다. 2020년의 목표는 그 무엇도 아닌 생존이다. 생존을 위해 하나에 1천 500원 하는 합리적 가격의 마스크를 사기 위해서 부단히 노력해야 한다. 그러나 노력해도 꼭 살 수 있다는 보장은 없다. 인생은 뜻대로 안 된다더니 정말 그랬다.

며칠 전 월요일, 86년생 동기 언니에게 출근길에 회사 앞 약국에서 번호표를 받았다는 고급 정보를 입수했다. 생년 끝자리가 6인 언니가 곁에 있으며 친하기까지 하다는 것은 축복이자 기쁨이다. 언니가 조심스레 보여준 번호표에는 번호표라는 말이 무색하게 포스트잇에 '대명약국 윤뿅뿅'이라는 도장이 찍혀 있었다. 번호는 없고 약국과 약사님 이름만 있었다. 코로나 확산 방지를 위해 일부 기업들이 재택근무를 한다기에 매일 밤 기도하며 잠들었지만 역시 나에게 그런 일은 일어나지 않았다. 인생은 뜻대로 안 된다더니 정말 그랬다.

　　대신 나는 이룰 수 있는 것을 소망하려고 했다. 가능성이 없는 일을 바라면서 스트레스받지 말자. 재택근무가 가망 없다면 마스크를 사자. 주 5일 근무 기준, 1인당 한 달에 마스크 스무 개가 필요하기 때문에 여유분이 조금 있더라도 마음이 불안했다. 게다가 집에는 당뇨와 고혈압 등 기저질환자가 두 명이나 있고, 그중 한 명은 출근까지 하고 있다! 아무래도 마스크를 사는 것은 여러모로 효도하는 길이요, 불안을 다스리는 길이라는 생각이 들었다. 동료들의 생각도 나와 별반 다르지 않아서 86년생 언니의 마스크 구매 소식은 팀에서 큰 화제가 되었다.

결국 우리는 86 언니의 첫 공적 마스크 구매를 축하하기 위해 넷이 함께 약국으로 달려갔다. 넷 중 끝자리 6년생이 단 한 명이라는 사실에 등장부터 단발머리 약사님은 조금 질린 눈치였다. 들뜬 마음을 자제하고 용기 내서 아침 몇 시쯤 와야 성공하느냐고 물었지만 단발머리 약사님은 그다지 반응이 없었다. 심드렁하게 오전 8시 전에 매진된다는 말만 하고는 그마저도 정확하지는 않다고 했다. 조금 상처받았지만 같은 질문을 받는 것과, 장담할 수 없는 일에 대해 말하는 것은 얼마나 힘든 일인가를 생각했다. 내 질문은 마치 매진된 기차표를 언제 구할 수 있느냐와 같은 질문이었다.

약국을 나오며 86 언니는 아침에 번호표를 주던 약사님과 다른 약사님 같다고 했다. 우리는 그럼 윤뽕뽕 약사님은 퇴근했나 보다며 꼭 내 차례 때 그분에게 번호표를 받고 싶다며 이야기꽃을 피웠다.

시차출퇴근으로 8시에 출근하는 옆자리 89 언니와 나는 7시 30분까지 출근해서 마스크를 살 계획을 세웠다. 그리고 드디어 대망의 목요일. 이제까지의 목요일은 모두 가

짜라고 느껴질 만큼 중압감이 느껴지는 목요일이었다. 일찍 일어나는 새가 마스크를 산다. 물론 90년생인 나에게는 해당 없는 목요일이었지만, 평소 늘 같이 출근하는 탓에 같은 집에 사냐는 이야기(다른 집에 산다)까지 듣는 우리는 약국에도 꼭 함께 가야만 했다. 자기 전에는 재택근무 시켜달라는 터무니없는 기도 말고 윤뿅뿅 약사님에게 번호표를 받게 해달라는 실현 가능한 소원을 빌었다.

전철이 지연되는 바람에 약 4분가량 늦었는데 약국 문앞에는 '금일 공적 마스크 판매 완료'라는 청천벽력 같은 종이가 붙어 있었다. 말도 안 돼. 이 세상에 일찍 일어나는 새가 이렇게 많다고? 다행히도 그 종이는 거짓말이었다. 거짓말이었으면 하는 일이 많은 코로나 시대이기에, 참으로 반가운 거짓말이었다. 약국에는 윤뿅뿅 님으로 추정되는 남자 약사님이 있었고 89 언니는 보라색 포스트잇을 얻을 수 있었다. 오래간만에 느껴보는 성취감에 우리는 약국 문을 나서자마자 윤뿅뿅을 연호하며 자축했다. 그렇게 나의 금요일도 순탄히 지나갈 것만 같았다.

진짜배기 금요일을 앞두고, 89 언니만 성공하고 나만 실패하는 악몽 같은 걸 꾸지는 않을까 걱정하며 침대에 누웠다. 한 주 내내 남의 마스크에 너무 열광한 나머지 극심한 피로감이 몰려와 나답지 않게 10시에 잠이 들고 말았다. 불현듯 눈을 뜨자 5시 55분이었고 준비하기에 충분한 시간이라 아침부터 자존감이 차올랐다. 웬일인지 전철마저 정시 운행이라 어제보다 더 일찍 도착했기 때문에 깔깔 웃으며 약국 문을 열었다. 그러나 웃음도 잠시, 윤뽕뽕 약사님의 표정은 아주 불길했다. 아니나 다를까 애석하게도 오늘은 다 끝났다는 말에 우리는 깜짝 놀라 헉 소리를 내며 서로를 쳐다보고 망연자실했다.

마스크 때문에 10시에 잤다고 매달려 볼까, 어제보다 4분 일찍 도착했는데 왜 안 되느냐고 진상을 떨어볼까 고민했지만 그냥 운이 안 좋았다는 것을 알기에 차마 행동으로 옮길 수 없었다. 슬슬 다른 약국을 떠올리던 차에, 윤뽕뽕 약사님이 갑자기 도장을 찍기 시작했다. 젊으신 분이고 업무도 보셔야 하지 않느냐며, 슬쩍 노란색 포스트잇을 건넸다. 나는 고개를 세차게 끄덕이면서 맞다고, 젊고 업무도 봐야 한다며 단 한 번의 인사치레도 없이 포스트잇을 낚아챘다. 우리는 약국을 나서며 윤뽕뽕 약사의 팬클럽을 창단했다. 그의 융통성은 대단해서 종일 콧노래를 흥얼거리게 했다. 알고 보니 그는 리액션을 사랑하는 사람이라서 마스크가 간절한 사람에게만 포스트잇을 주는 게 아니냐는 해괴한 상상까지도 하게 만들었다.

약국 포스트잇을 주민등록증에 부적처럼 고이 붙인 채로 퇴근하자마자 약국으로 달려갔다. 윤뽕뽕 약사님은 퇴근하고 단발머리 약사님만 계셨다. 포스트잇을 붙인 민증과 결제할 신용카드를 내밀자, 그 약사님은 말없이 내 주민등록번호를 조회한 후 마스크를 건넸다. 며칠 전처럼 여전히 지친 기색이 역력했다. 그런데 약사 가운에는 이상한 글씨가 있었다. 약사 윤뽕뽕. 그제야 나와 89 언니는 팬클럽을 잘못 창단했다는 것을 깨달았다. 그러나 팬클럽 이름의 영향으로 우리는 진짜배기 윤뽕뽕 약사에 대한 토론을 벌였다. 대부분이 단발머리 약사님이 고단한 이유 백 가지와 오전 타임 익명의 번호표 약사님과는 어떤 관계인가 하는 쓸데없는 상상이었다.

윤뽕뽕 약사님이 기운을 내고, 내가 마스크에 집착하지 않아도 될 날은 언제쯤 다시 돌아올까. 코로나가 확산될수록 사회가 불안과 분노로 가득해지는 것 같아 두렵다. 인생에는 내 뜻대로 안 되는 게 많지만, 실현 가능한 일만 소망하는 것이 속 편하지만, 운 좋게 마스크를 산 것처럼 언젠가 코로나가 종식되는 날이 오기를 소망해 본다.

막걸리, 누가 만들어야 하는가

- 막걸리에는 귀천이 없다 -

막걸리는 누가 만드는가. 몇 주 전까지만 해도 한 번도 생각해 본 적 없는 주제다. 핑계를 대자면 평소에는 취하는데 급급해서 막걸리의 기원에 대해서는 생각할 겨를이 없었다. 막걸리 종류, 막걸리 안주, 막걸리 숙취 정도는 생각해 봤지만…. 엄마가 날 때부터 엄마인 건 아니었듯 막걸리도 날 때부터 막걸리였던 건 아닌데 막걸리를 너무 당연하게 생각하고 있었다. 막걸리는 곡주이고, 주재료가 쌀이라는 것 정도는 알고 있다. 그러나 요리에 대한 상상력이 0에 수렴하는 나는 쌀이 막걸리가 된다는 걸 이해할 수 없다. 닭볶음탕은 좋아하지만 생닭이 닭볶음탕이 된다는 것을 상상할 수 없고, 족발은 없어서 못 먹지만 어떻게 동물의 발이 이런 굉장한 맛을 내는지는 고민조차 한 적 없기 때문이다. 그러니까 나에게 생닭은 생닭이고 닭볶음탕은 닭볶음탕일 뿐, 쌀은 쌀이고 막걸리는 막걸리일 뿐이다.

이런 연유로 막걸리를 만들려면 무형문화재급 장인이나, 조부모의 부모님 정도 되어야 가능하지 않을까 하는 막연한 환상이 있었다. 그러나 오늘 밤에 주문한 물건이 내일이면 도착하고, 드라이브스루로 코로나 검사도 하는 우리나라에서 과연 불가능한 게 있을까. 초고속 인터넷 강국인 조국의 힘을 빌려 초록 창에 조심스레 '막걸리 만들기'를 검색했다. 생각보다 막걸리 만들기 키트를 파는 사람도, 사는 사람도 둘 다 몹시 많았다. 언젠가부터 유행어를 공부하는 나 자신을 발견했을 때처럼 쓰라린 패배감이 몰려왔다. 무려 리뷰가 벌써 1천 400개나 있지만 2천 번째가 되지는 않으리라. 물 넣고, 가루 넣고, 24시간만 발효하면 된다는 강력한 제품 소개에 이끌려 홀린 듯 막걸리 키트를 결제했다.

결제하고 나니 덜컥 걱정이 몰려왔다. 귀찮아서 계란 프라이도 안 해 먹는 내가 막걸리를 만들겠다고? 게다가 막걸리 자격증도 없는데. 막걸리는 송명섭 장인(막걸리계의 평양냉면급인 '송명섭 막걸리'의 제조인) 정도 되어야 만드는 거 아닌가? 발효하다가 병이 터지면 어쩌지? 그나저나 엄마가 반대하는 거 아냐? 아직 도착하지도 않은 막걸리는 벌써 내 마음을 헤집어놓고 있었다. 크게 자신도 없는 주제에 막걸리를 만들겠다고 여기저기 말하고 다녀서인지 지인들은 이미 상상 속 막걸리를 시음이라도 하는 듯했다. 괜히 입방정을 떤 탓에 만나지도 않은 소개팅남이랑 결혼까지 상상하는 절친들을 보는 것처럼 마음이 복잡해졌다. 막걸리 키트는 이틀 만에 배송되었지만 막걸리를 만들 용기(그릇 말고)까지는 배달되지 않았다. 막걸리 효능감 부족과 만성피로에 차일피일 미루다가, 결국 엄마에게 도움을 청했다.

이제는 하다 하다 집에서 술까지 만드는 거냐고 등짝을 맞을 줄 알았지만 생각보다 반응이 좋았다. 나에게는 막걸리를 만들 '용기'는 부족했지만, 엄마의 정보에 따르면 집에 막걸리를 담글 용기는 많았다. 다행이었다. 이제 정말 용감하기만 하면 되었다. 10리터짜리 된장 발효통을 정성스레 씻어서 말린 후 물 3.2리터를 넣고 막걸리 키트

(가루)를 붓고 휘휘 저었다. 고민한 게 무색하게도 5분 만에 끝났다. 가루가 떡이 되어서 물에 융화되지 않는 것 같아 불안했지만 원래 그런 거라고 해서 애써 발효통 뚜껑을 닫았다. 문제는 온도였다. 막걸리를 발효하는 데 가장 좋은 온도는 섭씨 23~30도라는데, 아직 아침저녁으로 쌀쌀한 날씨였다. 일단은 판매자의 조언대로 이불로 감쌌다. 통을 감싸고 두자니 기분이 묘했다. 엄마는 얘(막걸리)가 추울 것 같다며 보일러를 틀자고 수선을 떨었다. 내 생각에도 이불은 덮었어도 추울 것 같아 그날 밤 보일러를 틀었다. 혹시라도 발효 타이밍이 어긋날까 봐 '막걸리 구출 시간' 알람을 맞췄다.

24시간 후, 막걸리 통을 열었는데 떡이 되었던 가루들이 하얗고 뽀얀 막걸리로 변해 있었다. 이럴 수가. 막걸리 만들기는 처음이지만 색깔부터 성공이야. 미리 소독해 둔 유리병과 여분 페트병에 막걸리를 옮겨 담고 냉장 숙성을 시작했다. 냉장고에서 최소 24시간은 숙성해야 하고, 오래 숙성할수록 술맛이 강해진다고 했다. 막걸리 시음회는 다음 날 밤 10시로 예정되었다. 막걸리 키트를 살 때만 해도 그냥 대충 만들고 마시기만 하면 되는 줄 알았는데 막걸리는 좀 복잡한 존재였다. 요리를 해본 적도, 아기를 낳은 적도, 동물을 길러본 적도 없는 부양이라곤 전혀 모르는 상태에서 만난 막걸리는… 굉장히 신경 쓰였다.

주걱으로 너무 많이 저어서 신경 쓰이고, 간밤에 추울까 봐 신경 쓰이고, 통이 작아서 터질까 봐 신경 쓰이고. 나중에는 급기야 너무 맛있을까 봐 신경 쓰였다. 작은 개복치를 키우는 기분이 이런 걸까. 막걸리가 익어가서 아침이 기다려지고, 회사에서는 막걸리 근황이 궁금해서 애가 탔다. 퇴근하면 바로 달려가야 해서 코로나 확산 방지를 위한 사회적 거리두기도 쉽게 실천할 수 있었다. 다행히 발효가 좀 되었는지 페트병이 꽤 부풀어 있었다. 아침에 봤으니 몇 시간 만에 보는데도 그렇게 반가울 수가 없었다. 반려동물도, 반려 식물도 아닌 나의 반려 술. 나의 사랑 덕분인지 냉장고 홈바에서 막걸리는 무럭무럭 익고 있었고, 이제 앞으로 몇 시간만 더 기다리면 되었다.

하지만 운명의 장난처럼 시음 몇 시간을 남기고 잠이 들었는데 하필이면 악몽을 꾸었다. 깜빡 잠든 사이 아빠가 막걸리 다섯 병을 다 먹는 악몽 중의 악몽이었다. 꿈속에서 막걸리 다섯 병에 효심을 팔아버린 나는 고래고래 소리를 지르다 불현듯 잠에서 깼다. 눈을 뜨자마자 냉장고로 달려가 열어보니 역시나 막걸리는 그대로였다. 막걸리와 효심을 맞바꾼 게 꿈이어서 천만다행이었다. 알고 보니 전날 밤 엄마 아빠가 밤늦게 막걸리를 시음했는데, 잠결에 그 소리를 듣고 악몽으로 이어진 것 같았다. 여하튼 꿈은 꿈이고, 엄마는 아침부터 카톡으로 우리 막걸리가 생각보다 맛있다며 찬사를 아끼지 않았다. 절친들은 막걸리가 남자 친구라도 되는 것처럼 매일 아침 안부를 묻는 건 기본이고, 회식 때 자랑도 했다고 했다. 출근하니 팀장님도 막걸리 질문을 쏟아냈다. 애주가인 형부는 언니를 통해 막걸리 진행 상황을 추궁했다. 키트를 살 때부터 만들기까지 인스타그램에도 한껏 자랑질을 해서인지 막걸리 디엠도 와 있었다. 이쯤 되면 막걸리 기자회견이라도 열어야 할 판이었다.

수제 막걸리는 생각보다 관심받기 좋은 아이템이었다. 내가 한 거라고는 물이랑 가루를 섞고 며칠 기다린 것밖에 없는데 관심은 끊일 줄 몰랐다. 막걸리가 익어가면 동시에 주변의 관심도 무르익고, 막걸리가 발효하면 주변의 관심도 부풀어 오르는 것 같았다. 독립 출판 열풍으로 누구나 책을 내는 시대가 오더니 누구나 막걸리를 만드는 시대가 올 줄이야. 막걸리 제조 기회의 평등은 나에게 커다란 관심을 가져다주었고 그래서인지 맛보기도 전에 또 만들고 싶어졌다. 숙성 48시간 만에 맛본 막걸리는 정말 딱 막걸리 맛이었다. 시판 막걸리보다 특출 나게 뛰어난 점은 없었지만 평소 똥손인 내가 마실 수 있는 막걸리를 창조해냈다는 것 자체로 자존감이 몹시 높아졌다. 다만 평소 지속적인 음주 생활로 시판 막걸리 몇 병을 마셔도 숙취가 없는 몸이 되어버린 나는 수제 막걸리를 마시면 숙취가 없다는 사실을 증명하기 어렵다는 게 조금 서글펐다.

어제는 막걸리를 데리고 형부네 집에 갔다. 어느덧 봄 날씨가 되어서 가는 길에 막걸리가 폭삭 익어버릴까 봐 노심초사했지만 우리 기특한 막걸리는 바깥 날씨를 잘 버텨냈다. 나는 수제 막걸리를 만들고 가져온 자로서 귀빈 대접을 받았다. 막걸리 배달의 대가로 교촌치킨 윙봉세트를 점심으로 먹었다. 이런저런 이유로 형부랑은 조카가 태어날 때까지 술 한잔한 적이 없었는데 수제 막걸리 덕분에 처음으로 술을 마셨다. 형부랑 이렇게 심도 있는 대화를 나눈 것도 처음이었다. 막걸리를 사랑으로 기른 덕분인지 형부가 맛있다며 연신 들이켰다. 이렇게 막걸리 친구가 한 명 더 생겼다.

막걸리는 누가 만들어야 하는가. 막걸리 장인도 애주가도 아니다. 관심이 고픈 사람이라면 어서 막걸리를 만들자. 고민은 배송과 관심만 늦출 뿐. 수제 막걸리는 당신을 사랑받는 관종으로 만들어준다. 막걸리 키우는 재미는 물론이요, 가족 간의 사랑은 덤이다. 당신의 삶은 막걸리를 만들기 전과 후로 나뉠 것이며, 마신 막걸리만큼 행복해질 것이다.

밀레니얼 시대에 빵 사기

- 단 하나의 약속도 없는 삶은 얼마나 지루한가 -

인스타그램을 하면서 동네 빵집을 많이 알게 되었다. 밀레니얼 시대의 대부분 빵집은 인스타에 영업시간과 라인업을 게시하기 때문에, 관심 빵집이 있다면 팔로우는 필수다. 빵집 하나를 팔로우하면 굴비 엮듯 다른 빵집들이 추천에 뜨기 때문에 금방 우리 동네 빵 도감을 완성할 수 있다. 덕분에 내 인스타 피드와 머릿속은 빵으로 넘쳐난다. A 빵집은 수요일 휴무, B 빵집은 목금토일 오픈, C 빵집은 당분간 공사 중, D 빵집은 이전. 아이러니한 것은 이렇게 사정을 잘 알면서도 막상 사 먹은 일은 손에 꼽는다는 거다. 이유는 단지 귀찮아서. 삼십일 년 된 집순이에게 집에

미친,
오늘도
너무 잘 샀잖아

가는 동선에 없는 곳을 들르거나, 집에 있다가 밖으로 나가는 건 모험에 가깝다. 게다가 밀레니얼 시대의 빵집들은 인기가 대단해서 품절이 잦기 때문에 허탕 칠 가능성도 굉장히 높다.

나의 빵스타 루틴은 갓 올라온 빵 피드를 보고 아는 맛을 상상하면서 입맛을 다시다가, '빵은 보는 게 아니라 먹는 거지' 하고 헐레벌떡 빵집을 찾았는데 아쉽게도 내 앞에서 빵이 다 팔렸다는 시나리오를 머릿속에서 무한 반복하는 것이다. 퇴근길에도 비슷한 루틴을 반복하다가, 빵이 동나는 시나리오까지 나오면 언제 고민했느냐는 듯 빵을 포기한 채 태연하게 길을 건너 집으로 간다. 게으른 빵 루틴이 무너진 건 몇 주 전이었다. 코로나 시대의 고육지책으로, 시차출퇴근을 하게 된 어느 날이었다. 오후 5시 퇴근으로 갑작스레 맞이한 저녁이 되게 많은 삶. 본투비 집순이자 사회적 거리두기 전도사로 활동 중인 나에게도 집에 와서 깨끗이 씻고 나서도 저녁 6시밖에 안 되었다는 건 놀라운 일이었다.

금요일마다 동네 전집에서 먹던 막걸리도 이제는 옛말이기에 사회적 거리두기에 적합한 먹거리를 찾아야 했다.

점심시간에 인스타를 보다가 모 빵집에서 올린 병 밀크티를 발견했다. 나도 밀크티라면 몇 번 냉침해 본 적이 있었다. 세상에서 가장 맛있는 커피는 '남타커(남이 타 준 커피)'라는데, 밀크티도 그렇다. 세상에서 제일 맛있는 밀크티는 남이 냉침해 준 밀크티, '남냉티'다. 되게 많은 오늘 저녁을 남냉티로 채우리라. 용기를 내서 디엠을 보냈다. 퇴근하고 달려가도 5시 반이니까 그 시간에도 구매가 가능한지 조심스레 물었다. 금세 답장이 왔다. "네! 예약해 드릴까요?" 예약?! 노쇼로 흉흉한 이 시대에 아직도 예약이 가능한 빵집들이 있다니. 양천구의 양심은 아직 쓸 만한가 보다는 생각을 하며 고민에 빠졌다.

예약하면 꼭 사야 하고, 안 하면 꼭 못 살 수도 있다. 아직 퇴근하려면 꽤 남았는데! 게으른 내가 두 번째로 애용하는 빵 시나리오는 집에 가는 길에 무슨 일이 생기거나, 급 피곤해져서 빵집에 방문하지 못하는 시나리오다. 빵은 사랑하지만 체력과 의지가 부족한 현대인. 하지만 방금 살 수 있느냐고 물어봐 놓고 잠깐 사이에 귀찮아하는 내가 너무 한심해서 덜컥 예약을 해버렸다. 밀크티 단 한 병도 친절하게 예약해 주는 사장님의 모습에 감명받아 지하철역

미친,
오늘도
너무 잘 샀잖아

에서 빵집 가는 길을 머릿속으로 미리 연습했다. 다행히 퇴근 시간까지 내 마음은 바뀌지 않았고, 무사히 갈 수 있었다. 예약한 밀크티는 물론이고 유명하다는 크루아상도 샀다. 오늘 하루 8시 출근도 잘하고, 5시 퇴근도 잘해서 남이 만든 밀크티와 빵을 거머쥔 나 자신이 기특해서 견딜 수가 없었다.

집에 와서 게걸스럽게 빵을 뜯으면서 이 세상에서 누구보다 게으른 내가 빵집에 갈 수 있었던 이유를 곰곰이 생각해 보았다. 이유는 거창한 게 아니었다. 그냥 5시 반에 밀크티 한 병 사러 가기로 사장님이랑 약속해서였다. 게으른 사람도 약속하면 움직이게 된다. 문득 예전에 읽었던 글이 생각났다. 〈일간 이슬아〉에서 이슬아 작가가 정혜윤 라디오 피디를 인터뷰한 글이었는데, 약속이 사람을 살게 하며 사람들은 약속을 지키려고 죽을 수도 없다는 내용이었다.

사람들은 본능적으로 상대방의 입장에서 생각하는 힘이 있고, 약속이니까 지키게 된다고. 그런 방식으로 라디오 생방송도 만들 수 있다고 했다. 약속의 힘을 표현하는 좋은 문장이라 생각날 때마다 꺼내 보려고 따로 저장해 둔 글이다. 이 글을 꺼내 볼 때면 약속을 두려워했던 예전의 내 모습을 떠올리게 된다. 상대방이 약속을 지키지 않을 때 상처받는 게 싫어서 아예 약속하지 않던 때가 있었다. 그렇지만 정혜윤 피디의 말처럼, 단조롭고 맹숭맹숭한 날에도 나를 살아가게 했던 건 다름 아닌 사소한 약속들이었다.

회사 친구들이랑 모닝 라테 먹기, 매달 보리차 주문하기, 컴맹인 엄마 대신 사이버 강의 듣기, 중고나라에서 물건 팔기 등등. 거창하지 않은, 작고 사소한 약속들은 계속해서 내일을 생각하게 했다. 지금의 나는 약속이 일상을 풍성하게 만든다고 믿는다. 나의 하루는 약속으로 가득 차 있다. 출근할 때는 꼭 신도림역 7-3에서 용산 급행에 올라타 옆자리 대리 언니를 미리 만나야 하고, 점심 메뉴는 영양사라도 된 듯 일주일 치를 미리 짠다. 집에 오면 엄마가 퇴근할 시간에 맞춰 보일러를 켜고, 자기 전에는 친구랑 교환 일기를 쓴다. 매주 글을 쓰고 응원해 주는 모임도 두 개나 있다. 최근에는 빵집 사장님들이랑 하는 약속도 많이 늘었다.

단 하나의 약속도 없는 삶은 얼마나 지루한가. 예나 지금이나 여전히 게으른 나는 앞으로도 약속의 힘을 빌려 이리저리 일을 벌일 것이다. 빵도 사고, 빵 산 걸로 글도 쓰고, 글 쓴 걸로 관심도 받고, 관심받은 걸로 힘내서 출근도 하고, 출근해서 번 돈으로 쇼핑도 하고. 아무리 생각해도 이제는 지루할 틈이 없다.

안 맞으면 저한테 파세요

- 쇼핑계의 홍익인간 -

쇼핑만큼 좋아하는 게 있다. 다름 아닌 남 쇼핑 시키기. 슬
픔은 나누면 반이 되고 행복은 나누면 두 배가 된다는 말
은 쇼핑에도 당연히 적용된다. 쇼핑의 백미는 역시 나의
쇼핑이 남의 쇼핑을 부를 때 극대화하는 법. 지난가을, 사
무실의 건조함을 타파하려고 미니 가습기를 구매했다. 역
시 내가 고른 가습기답게 힘차게 증기를 뿜어댔다. 분사
력이 남다르다며 관심을 보인 차장님에게 자신 있게 구매
URL을 보냈다.

몇 주 뒤, 사무실에 내 가습기가 하나둘씩 차오르기 시
작했고 나는 벅찬 감동을 느꼈다. 업무적으로는 5급 대리

지만 쇼핑에서만큼은 3급 차장 정도 된 기분. 내 눈에만 예쁜 줄 알았던 우리 조카가 남들도 예쁘다고 할 때 그 감동과 희열. 나만의 쇼핑이 그냥 커피라면 남 쇼핑 시키기는 티오피랄까. 누군가와 함께하는 소비는 내 돈이 헛되지 않았다는 믿음의 방증이자 헛된 돈이라도 함께 헛될 수 있다는 안정감의 상징이다.

좋은 아이템이 있으면 자꾸만 추천하고 싶다. 요즘은 모임이 있을 때마다 효소를 자꾸 들고 다닌다. '서른 파티'에도, 엊그제 글쓰기 모임에도 효소를 머릿수만큼 챙겨 가서 바로 먹도록 종용했다. 약간 녹즙 아주머니 같지만 마음은 아주 보람차다. 좋은 것은 널리 퍼뜨려야 한다는 게 확고한 나의 쇼핑 철학이자 삶의 모토이다. 나는야 쇼핑계의 홍익인간. 죽을 때까지 넘쳐나는 쇼핑 오지랖으로 주변 사람을 이롭게 하리라.

같은 이유에서 지인에게도 토너계의 '일짱'인 독도 토너를 영업했다. 모임을 마치고 집에 돌아가려던 길에 랄라블라(구: 왓슨스)를 발견하고 홀린 듯 들어가 아무도 묻지 않은 독도 토너에 대해 한참을 설명했다. 일단 이건 물 토너인데 500밀리리터라 든든하다. 세안하고 화장 솜에 적셔 얼굴에 남은 노폐물을 제거하는 용도다. 일단 각질 제거에 좋고 무엇보다 성분이 착한 토너다. 화해 앱에 치면 일등이다. 심지어 세트로 할인 중이다. 인터넷으로 사면 배송비도 붙고 할인도 안 하는데 완전 거저 아니냐.

독도 토너를 당장 사지 않으면 죽일 기세로 귀에 피가 나도록 TMI를 시전하는 나를 보며 그는 약간 부담을 느끼는 듯했다. 이미 며칠 전 랄라블라에서 독도 토너를 쟁인 탓에 더 이상 살 수가 없는 나는 안달이 나서 한마디를 덧붙였다.

"안 맞으면 저한테 파세여. 집에 하나 더 있긴 한데 써보고 별로다 하시면 제가 살게여."

나참나(나도 참 나다. 혼자 만든 유행어). 독도 토너 마케팅팀에서도 하지 않을 법한 말을 내뱉는 나도 참 나다. 하지만 이 한마디에 그는 마음을 돌려 구매를 결심했고 지금껏 요긴하게 잘 쓰고 있다는 후문이다. 쇼핑 전염은 너무 짜릿한 일이어서 그의 얼굴만 봐도 내가 "독도?" 하면 "토너"라고 대답해 주길 바랄 만큼 생색내고 싶은 정도지만 서른을 맞아 어른스럽게 살기 위해 꾹 참는다.

그런데 오늘 그 토너가 세일한다. 무려 단독 구성, 최대

58퍼센트 할인. 실화냐. 한창 업무에 집중할 오후 3시에 나를 두드리는 쇼핑 알림은 참으로 거절하기 어려운 달콤한 유혹이다. 나도 모르게 클릭해서 살짝 구성을 살핀다.

당장이라도 달려가서 사고 싶다. 하지만 급하게 보다 보면 충동구매할 수 있으니 침착하자. 집에 와서 다시 보니 자칭 독도 풀 패키지라는 구성에는 독도 라인 숨은 강자인 독도 크림이 없다. 대부분 크림 용량은 50밀리리터지만 독도 크림은 다르다. 독도 크림은 무려 80밀리리터다. 얼굴이 커도 행복하게 팍팍 쓸 수 있는 용량. 독도 크림을 빼고 독도 풀 패키지를 논하는 것은 무리다. 독도 풀 패키지와 크림을 장바구니에 담아놓고 고민한다. 아무리 생각해도 독도 크림 없는 풀 패키지는 홍철 없는 홍철 팀인데.

고민하다 앱 메인을 보니 무려 홈쇼핑 방송 중! 장하다 독도 토너. 드디어 일을 냈구나. 길 가다 랄라블라에서만 봐도 대견스러운데 이젠 씨제이홈쇼핑까지? 태어난 지 한 달 된, 누워 있는 조카가 걸음마를 시작하면 이런 기분일까. 나도 모르게 '핵인싸'가 되어버린 독도 토너를 응원하며 열심히 시청한다. 내가 아는 내용을 열심히 읊고 있네. 잠깐만. 이게 뭐지? 구매 인증 오십 명, 약콩 마스크 열 매증정. 그대로 구매를 결심한다. 역시 난 충동구매랑 잘 어울려.

사실 약콩 마스크가 뭔지 모른다. 오로지 독도만 바라보고 살아온 외길 인생. 독도 라인 포에버. 안 그래도 사려고 했는데 추첨도 한다고? 좋은 핑곗거리가 생겼다. 홍철 없는 홍철 팀 같은 대참사를 막기 위해 크림까지 알차게 눌러 담는다. 역시, 독도 풀 패키지에는 독도 크림 옵션 추가가 맞아! 모아둔 씨제이 포인트, 2천 원 할인쿠폰, 씨제이 롯데카드까지 총출동시켜 만 원 정도를 더 할인받았다. 그런데 여기서 끝이 아니라면 믿으시겠습니까.

적립 신청을 마치고 다시 홈쇼핑 방송에 들어가서 후다닥 구매 인증을 한다. 독도 마스크가 있어도 약콩 마스크를 놓칠 수 없어. 물론 독도 마스크만 써봤지만 같은 회사니까 좋겠지? 독도 마스크는 겔 마스크인데 아주 쫀쫀하고 밀착되는 점이 마음에 든다. 랄라블라에서 한 장 사서 써보고 반해 화해 쇼핑에서 열 개에 2만 5천 원 주고 샀는데 독도 마스크 열 개와 토너, 로션, 클렌저 다 합해서 4만 6천 원이라니?

아무튼 누군가 단 한 명이라도 독도 풀 패키지와 독도

크림을 알아줬으면 좋겠다. 단독 구성, 최대 58퍼센트 할 인. 이 같은 뻔한 말에 홀려 나처럼 지갑을 여는 사람이 생기면 좋겠다. 혹시라도 독도 토너와 독도 라인을 아는 분들은 씨제이몰로 달려가세요. 인스타 핵셀럽들을 보면 협찬받아서 티 나게 공구도 하고 그러던데 나는 그런 게 거슬리면서도 속으로는 동경해 왔는지 이런 글을 쓰고 있다. 현실은 아무도 협찬 따윈 해주지 않지만. 협찬은 내 통장이 하고 그 탓에 나는 정년까지 회사에서 소처럼 일할 각오가 되어 있다.

뿌듯하게 결제를 마치고 화장품 서랍을 열어보니 저번에 쟁인 독도 토너가 곤히 자고 있다. 하지만 간과하면 안 된다. 물 토너는 헤프다. 물 토너를 방심하면 정말 간절할 때 얼굴을 닦아낼 수 없다. 과연 내가 방심한 적은 있는지, 서랍장에 자꾸 토너가 쌓인다.

치킨에도 진심은 통한다

- 신령님과 김치와 치킨 이야기 -

어느 날 자고 일어났는데 별안간 미래가 궁금했다. 역시 가장 궁금한 건 연애 운, 두 번째는 직장 운, 세 번째는 가족의 안녕 정도가 아닐까. 생각해 보니 지난여름 보험처럼 받아둔 신령님의 연락처가 있었다. 태백산 신령을 모신다는 그분. 왠지 신뢰가 갔다. 대둔산도 아니고 한라산도 아니고 태백산. '태백산맥'이라는 책도 있고 뭐 나쁜 사람은 아니겠지.

그렇게 나는 타로도, 사주도 본 적 없으면서 패기 넘치게 혼자 신점을 보기로 했다. 예약할 때는 몸이 성했는데, 그사이에 병이 났다. 건강검진으로 휴가를 써둔 날이라 일정이 몹시 타이트했다. 오전 9시 건강검진. 오후 3시 퍼스널컬러 진단. 저녁 7시 신점. 건강과 얼굴빛, 미래를 진단받는 대단한 날. 진단의 삼박자.

몸 상태를 핑계로 취소해 볼까 생각했지만 다른 사람도 아닌 신령님과의 약속을 어긴다면 불벼락을 맞을 것 같았다. 며칠째 소화가 안 되어서 그날도 한 끼밖에 못 먹었지만 어쨌든 말도 잘하고 걸을 수도 있는 상태였다. 그렇게 신령님을 만났다. 나는 언제 운명의 짝꿍이 나타나는지 정말 궁금했다. 하지만 제일 먼저 들은 것은 전혀 뜻밖의 이야기였다.

신령님은 연애고 뭐고 무엇보다 건강이 제일 걱정이라고 했다. 일단 타고나기를 상당히 허약한 체질이라고. 나이는 이십 대인데 체력은 육십 대나 다름없다나. 관리 안 하면 다음 달에 입원을 한다고 했다. 한 주 내내 앓았기 때문에 뜨끔했지만 점괘의 정확도를 위해 내색하지는 않았다. 그러나 그 이후 모든 점괘는 기승전'건강'으로 수렴했다.

신령님 저는 언제 연애할 수 있나여?

: 연애도 좋은데, 남친 만나서 마음고생하면 건강 해쳐. 마음고생 안 시키는 맘 넓은 남자 만나.

신령님 그럼 글쓰기로 성공할 수 있나여?

: 본업으론 절대 안 돼. 새벽에 늦게 자, 아침밥 걸러, 커피 마셔. 그거 완전 건강 해쳐. 절대 안 돼.

신령님 눈에는 내가 개복치로 보이는 듯했다. 뭐 딱히 틀린 말은 아니지만. 그러나 사실 이 시대의 직장인으로서 감기나 위장병 하나쯤은 다 달고 사는 거 아닌가. 그래서 신령님에게는 미안하지만 꽤 보편적인 이야기를 하고 있다고 생각했다. 이 말을 듣기 전까지는.

"이제는 김치도 먹어야지."

너무 놀라 그때는 숨기지 못했다. 난 김치를 안 먹는다. 김치를 안 먹은 지 이십 년이 훌쩍 넘었다. 나는야 소문난 야채 포비아. 편식이라는 개념이 인간으로 태어난다면 그게 바로 나. 내가 먹는 모든 것은 정크이며 정크가 곧 나다. 나의 유일한 자랑은 청국장을 먹는 것(아쉽게도 내가 청국장 먹는 건 맞히지 못했다).

그때부터 점괘는 기승전밥으로 이어졌다. 밥을 먹어라. 먹기 싫어도 반 공기라도 먹어라. 너의 식습관은 건강을 해치기 때문이다. 내가 허약하다고 해서 부적을 사라는 등 금전적 이익을 취하려는 게 아니어서 더 빠져들었다.

참나. 내가 밥 안 먹는 걸 엄마도 아니고 초면인 신령님까지 걱정하다니. 정말 심각하게 느껴졌다.

그날 집에 돌아와 제일 먼저 밥을 먹었다. 엄마는 밤 10시 반에 밥을 달라는 나를 의아하게 쳐다봤지만, 이내 된장찌개와 김, 오징어채를 정갈하게 차려주었다. 매일같이 들어가던 배달의 민족을 애서 외면하고 평소 주식인 치킨, 피자, 튀김, 면 요리를 일절 먹지 않으려 노력했다. 물론 술도 마찬가지.

금주와 금정크. 신점 디톡스 한 달째. 갑작스러운 파견 발령으로 회사에서 바쁘게 지내다 보니 치킨 생각이 간절했다. 마음이 울적하고 답답할 때는 산으로 올라가 소리를 한 번 지르는 게 아니라 치킨을 시켜야 한다. 그사이 소화 능력도 꽤 많이 회복된 것 같다. 한 달 만의 치킨이라니. 시키기도 전에 눈물이 날 지경이었다. 마치 전 남친의 청첩장이라도 발견한 듯 심각하게 배민의 치킨 카테고리를 훑어 내렸다.

처음에는 구운 치킨이 당겼지만 튜닝의 끝은 순정이라고 했던가. 치킨은 역시 프라이드다. 그래, 치킨은 역시 프라이드야. 내가 생각하는 배민의 묘미는 바로 리뷰이벤트

참여로 받는 공짜 사이드 메뉴다. 보통 치킨집에서는 콜라 업그레이드, 감자튀김, 닭똥집 프라이드, 치즈볼, 떡볶이 같은 것들로 소비자를 현혹한다. 그중에서도 난 감자튀김을 너무 좋아하고 그래서 신령님께 혼났다. 그렇지만 한 달을 참았으니 신령님도 이해해 주겠지.

나는 리뷰를 쓰면 오지치즈감자를 준다는 B 치킨을 선택했다. 원래 허니감자를 주는 Y 치킨을 애용했는데 한번은 감자가 누락되어서 세상이 무너질 뻔한 적이 있었다. 사장님이 전화로 너무 미안하다고, 다음에 시키면 감자를 두 배로 준다고 했지만 다음에 시켰을 때 그거마저 누락되어 나는 한 번 더 슬펐다. 누락의 아이콘이 되어버린 기분이었다. 서비스니까 뭐라고 할 수는 없지만 이번에는 절대 누락되어서는 안 되기에. 무려 한 달 만의 치킨이기에.

B 치킨은 사실 처음 먹어보는 곳이다. 치킨을 시킬 때 고려하는 게 하나 더 있다면 바로 소스다. 어디에서 소문난 사람은 아니지만 나는 남몰래 열렬히 소스를 사랑하는 소스 덕후다. 양념치킨도 좋지만 프라이드를 양념소스에 찍어 먹어야 바삭함과 양념 맛을 제대로 느낄 수 있다. 그런데 B 치킨의 소스는 무려 세 개. 양념소스, 갈릭소스, 칠리소스.

B 치킨 사장님도 소스 덕후가 분명하다고 생각하며 세 가지 소스를 다 시켰다. 결과는 대성공. 특히 갈릭소스가 우리 아빠의 마음을 사로잡았다. 아빠가 맛있다면 정말 맛있는 거다. 음식에 관해서는 빈말을 하지 않기 때문. 소스가 내 마음을 흔들었다면 치킨 사이에 살며시 숨은 떡은 얼굴도 본 적 없는 B 치킨 사장님을 사랑하게 만들었다. 아니 사장님 제가 떡 좋아하는 건 어떻게 아시고….

이 와중에 신령님이 생각나 밥도 같이 먹었다. 치밥이라면 신령님도 무사통과야. 서비스라는 감자튀김은 산처럼 쌓여 있었다. 마치 돈 낸 감자 같은 그 풍요로운 광경에 나는 뼈를 깎아 리뷰를 쓰겠노라고 다짐했다. 그리고 오늘 아침 일어나자마자 감동을 담아 리뷰를 썼다.

돈 안 낸 감자가 돈 낸 감자 같다는 감자튀김 양 칭찬. 치킨의 가장 기본인 튀김옷의 바삭함과 치킨 조각 크기의 적절성. 소스의 다양성과 맛 칭찬. 화룡점정으로 다음에도 시켜 먹겠다는 재주문 의사 고백. 떡 이야기를 못 쓴 것만 빼면 내가 봐도 기승전'치킨사랑'이 묻어나는 완벽한 리뷰였다. 저녁이 되어 다시 배민에 접속하니 어느덧 사장님이 댓글을 달았다. 역시 잘되는 집은 소통을 잘하는 법이다.

하하, 사장님이 기뻐하는 모습에 나도 기뻤다. (내가 직접 쓴) 브런치 작가소개에 따르면 나는 진심은 통한다고 믿는 사람. 역시 치킨에도 진심은 통한다. 앞으로도 신령님의 조언에 따라 치킨은 한 달에 한 번만 먹기로 한다.

덕후에게 제일 중요한 것은 일코다

- 쇼핑은 일코가 안 될 때 성공하는 법 -

덕후에게 제일 중요한 것은 일코다. 일코란 일반인 코스프레를 줄인 말로 누가 봐도 유난스럽지 않은 일반 사람처럼 보이는 것. 덕후지만 덕후답지 않게 쿨내를 뿜어내는 것. 하지만 인생은 내 마음처럼 흘러가지 않는다. 얄궂게도 마음 같지 않은 일이 자꾸만 벌어지는 게 우리네 인생 아니었던가. 요새 나에게 마음 같지 않은 일이란 한껏 유난을 떨어야만 가질 수 있는 편의점 행사 상품이 나타나는 것이다. 그런 의미에서 세븐일레븐은 날 시험에 들게 했다.

　오래전부터 귀여운 것을 향한 집착으로 살아왔다. 그리고 귀여운 건 좋아하지만 출신이 불분명한 캐릭터는 취급하지 않는다는 확고한 신념이 있다. 그렇다면 디즈니는? 캐릭터계의 순수 혈통, 캐릭터 명가, 캐릭터 맛집이다. 게다가 나는 도널드의 오랜 팬이다. 도널드의 툭 튀어나온 입은 보호 본능을 자극한다. 다소 뜬금없는 이유지만 사실 사랑에 빠지는 데는 큰 이유가 없다. 디즈니 머그잔을 받기 위해 열심히 행사 공지사항을 정독했다. 모든 이벤트에는 공지가 있고, 복잡하지만 그것조차 읽지 않고 도널드를 가지겠다는 건 욕심이다.

캐릭터 상품을 파는 사람들의 가장 잔인한 점은 랜덤 뽑기를 자행한다는 것이다. 랜덤 뽑기일 경우 정당한 금액을 내고도 좋아하는 캐릭터를 가질 수 없다. 똥만 세 번 뽑아도 하소연할 곳이 없다. 그저 개인의 운발로 치부된다. 운명처럼 만나기를 기다릴 뿐이다. 그래서 랜덤 뽑기란 누군가를 좋아하는 마음을 교묘하게 이용해서 돈을 벌기에 아주 적합한 수단이다. 디즈니 머그잔은 너무나 내 마음 같지 않게도 랜덤이었다.

캐릭터 상품을 사는 사람들은 흔히 자신은 금손이라고 착각한다. 랜덤 뽑기 그까짓 거 한 번에 뽑을 수 있다는 아름다운 착각에 사로잡힌다. 근거 없는 자기 효능감. 하지만 다시 말하지만 사랑에 빠지는 데에는 논리적인 이유가 없다. 그래서 다른 사람들이 구피가 나왔다고 해도 개의치 않는다. 왜냐, 난 구피를 안 뽑을 거니까. 당연히 한 번에 도널드가 나올 거니까. 내 손은 도널드밖에 모르니까.

캐릭터 마케팅에서 가장 중요한 것은 판매자와 구매자의 궁합이다. 판매자가 조금이라도 인간적이어서 랜덤 뽑기를 망설이거나 구매자가 조금이라도 이성적이어서 불확실성 앞에 돈을 아낀다면 실패다. 판매자가 랜덤 판매를 하지 않는다면 비인기 캐릭터는 아무도 사지 않아 재고가 넘칠 것이다. 구매자가 주택담보대출이라도 받았다면 아무리 디즈니를 사랑한다 할지라도 컵 하나 정도는 스킵할 수도 있다.

그런 점에서 세븐일레븐과 나는 천생연분 같다. 아니면 전생에 뜨겁게 사랑했던 사이거나. 이를테면 전생의 여보 자기 사이. 세븐일레븐은 디즈니 머그잔과 마이크로팝 모두를 랜덤으로 뽑아 가라는 승부수를 던졌고, 나는 불확실성에 지갑을 내던지는 화끈한 소비자니까. 악독한 판매자와 생각 없는 구매자의 불꽃 케미다. 공지사항을 열 번 정도 읽고 방문할 행사 매장을 골라본다.

미친,
오늘도
너무 잘 샀잖아

회사 근처 매장은 사무실에서 10분 이상 걸어야 한다. 그건 좀 곤란하다. 소중한 점심시간 60분에서 10분이 차지하는 비중은 샤브샤브에서 고기가 차지하는 비중만큼이나 크다. 게다가 디즈니 머그잔 같은 것에 1도 관심이 없는 팀원들과 함께 편의점을 들르는 것은 사절이다. 한낱 먼지 같은 나 때문에 팀원들의 시간을 허비할 수는 없다. 그래서 퇴근 후 편안하게 들를 수 있는 집 근처 매장을 물색했다.

소중한 디즈니 머그잔을 받으려면 세븐일레븐 모바일 앱을 설치한 후, 2만 1천 원 이상을 구매해 모바일 스티커 일곱 개를 모아야 한다. 행사 점포가 따로 정해져 있으니 사전 확인도 필수다. 그나저나 편의점에서 계획 없이 2만 원을 쓰는 것은 어려운 일이다. 무엇보다도 명심해야 할 점은 주류와 담배는 구매해도 스티커를 받을 수 없다는 것. 따라서 매장 규모가 커야 구매 폭이 넓기 때문에 집 근처 지하철역과 바로 인접해 있는 매장에 가기로 했다. 그리고 그다음 고민할 부분은 '어떻게 하면 일반인처럼 보일 것인가'다.

간절하지만 간절하지 않은 척하는 것, 안달 나지만 안

달 내지 않는 것은 너무나 어려운 일이다. 덕후들은 안다. 잠깐의 귀찮음으로 상품이 품절되어 행사가 조기 종료되는 최악의 결말을. 나는 겨울 추위가 두려워 여름에 패딩을 사는 사람이고 언제나 최악의 결말을 상상하는 것을 즐기는 편이다. 아무리 생각해도 일반인처럼 보이는 방법은 없다. 돌다리는 두들겨야 제맛. 일반인이 되기를 진작에 포기하고 편의점에 들어서자마자 직원에게 질문을 던졌다.

"디즈니 머그잔 이벤트 아직 하나여?"

행사 시작은 2월 11일. 그날은 2월 14일이었다. 행사가 시작한 지 삼 일째 되는 날. 나의 노파심을 알 리 없는 앳된 얼굴의 알바생이 황당하게 쳐다보면서 말한다.

"이거 4월까지 하는데여."

돌다리는 두들겨야 제맛이래서 두들기긴 했는데 이를 어쩌지. 벌써 덕후인 걸 들킨 것 같다. 등줄기에 식은땀이 흐른다. 하지만 도널드가 기다리고 있어. 안 고르는 옵션은 없어. 무조건 골라야 해. 2+1 상품이 꽤 많다. 꼬깔콘도 2+1, 고래밥도 2+1. 이것저것 주워 담으면서 가격과 종류를 메모한다. 나는 칼같이 2만 1천 원 치만 살 거니까. 씨유에만 있는 줄 알았던 떡라면 컵라면을 발견하고 쾌재를 부른다. 하하 다행이다. 손쉽게 6천 원을 채웠어! 가만 생각해 보니 2+1은 행사 상품이라 안 된다고 할까 봐 급걱정이 된다. 과도한 노파심으로 알바생을 질리게 하는 나 자신이 싫지만 무슨 일이 있어도 도널드를 받아야 하기에 두 번째 돌다리 두들김 시전.

"2+1 상품 사도 디즈니 스티커 주는 거 맞져?"

알바생은 그런 질문이 정말 지긋지긋하다는 듯이, "3천 원 구매하시면 한 장 무조건 나가여".

괜한 걸 물어봤나 싶다. 하지만 쇼핑이란 일코가 안 될 때 하는 것이다. 도널드에 대한 사랑은 재채기만큼 숨길 수 없는 것. 내가 산 수많은 과자를 힘겹게 봉투에 나눠 담던 알바생이 되묻는다. 그의 첫 번째 돌다리.

"지금 교환하실 거예여?"

이제 보니 알바생과 나는 돌다리 궁합이 잘 안 맞는다. 서로 두들기는 돌다리마다 의아하다. 아니 당연히 지금 바꿔야져. 그거 땜에 굿다리에 과자까지 열 봉지나 샀는데! 알바생이 나를 머그잔이 진열된 환상의 디즈니 존으로 인도한다. 고민이 된다. 사진을 찍을까 말까. 사진을 찍는 순간 난 개노답 질문충 디즈니 덕후가 되겠지. 하지만 이미 엎질러진 물이다. 이제 와서 사진 한 장 안 찍는다고 일반인이 되는 건 아니다. 알바생이 힐끗 보면서 한마디 덧붙인다.

"여기서 컵이랑 마이크로팝 골라 가시면 돼여."

알바생이 골라줘서 원하는 게 안 나왔다고 항의한 진상이 많았던 걸까. 고작 행사 삼 일째인데 많이 지쳐 보인다. 설레는 맘으로 컵과 마이크로팝을 골라서 "감사합니다!" 하고 명랑하게 편의점을 나섰다. 양손에 검은 봉지를 주렁주렁 끼고, 젖 먹던 힘을 다해 컵을 뜯는다. 편의점에서 뜯어보고 싶은 마음이 간절했지만 디즈니 컵으로 더 이상 알바생을 피곤하게 할 수는 없었다.

하지만 나는 금손이 아니었다. 도널드가 아니라 데이지가 나왔다. 아, 이건 도널드의 큰 그림인가? 음 아무래도 혼자만 지내기에는 적적하긴 하지. 자연스레 다음 2만 원 치를 궁리하는 내가 싫다. 게다가 마이크로팝은 미키가 나와서 캐릭터가 안 맞는다. 이쯤에서 설명하자면 마이크로팝이란 컵 위 실리콘 홀더에 들어가는 귀여운 얼굴 피규어다.

마이크로팝은 일반 상품 3천 원 구매 시 750냥에 구매할 수 있다. 적적한 도널드를 위해 데이지를 먼저 풀 세트로 갖고 싶어졌다. 그나저나 750원이라니 부담 없고 좋은데? 퇴근길에 다른 지점에 들렀다. 아무리 생각해도 저번에 간 지점은 또 못 가겠다. 자꾸만 알바생의 차갑고 냉정한 눈빛이 떠오른다. 무엇보다 고작 머그잔 때문에 같은 점포를 연속으로 방문한다면 개노답 질문충 재방문 빌런이 되지 않을까.

버스에서 내려 도착한 세븐일레븐에는 어제와는 달리 나이가 지긋한 중년의 사장님이 있었다. 매장이 작아 컵을 진열한 디즈니 존 같은 것이 없다. 몹쓸 노파심으로 첫 번째 돌다리를 두들겨본다. "저기 혹시 디즈니…" 하니 어떻게 내 마음을 아시곤 "어어 그럼 그럼, 여기도 그거 해요" 하신다. 왠지 마음이 편해진다. 한껏 신이 나서 일코 따위 까맣게 잊은 채 TMI를 시전한다.

"사실 이거 제가 어제 샀는데 다른 게 나와가지고."

"그래요? 얼른 골라봐, 원하는 걸로!"

그러나 또 다른 난관. 6천 원을 결제해도 마이크로팝이 한 번에 두 개 결제가 안 된다. 사장님과 한참을 헤맸다. 어제처럼 2만 원 치를 사는 것도 아닌데 고작 6천 원 가지고 그러기가 조금 송구스러웠다. 하지만 어제 제대로 못 뽑았다는 말에 사장님이 두 손을 걷어붙이고 결제와 취소를 반복한다. 문제는 간단했다. 그러니까 마이크로팝을 두 개 사려면 3천 원씩 나눠서 분할결제를 해야 한다. 결제 건당 마이크로팝 한 개. 그렇게 나는 자연스레 유난을 떨고 말았다.

아무래도 디즈니 머그잔에 한해서 일반인이 되기는 그른 것 같다. 스타벅스 카페라떼, 왓따 풍선껌, 예감 오리지널을 추가해서 3천 원씩 두 번 결제했다. 사장님은 마이크로팝의 바코드만 찍고 다시 섞어주기까지 하며 흥을 올린다. 아아, 이 얼마 만에 느껴보는 문구사 감성이란 말이냐. 조심스레 깊숙한 곳에 있는 두 아가들을 건져 올린다. 사장님이 호기심 넘치는 눈으로 묻는다.

"아가씨! 원하는 거 나왔어?"

"아? 아직 안 뜯어봤어여…"

사장님과 나의 돌다리 궁합은 잘 맞는다. 그래서 혹시라도 데이지 마이크로팝이 나온다면 그 기쁨을 인자한 사장님과 함께 나누고 싶었다. 덕후의 노파심을 알아준 사장님에게 충성을 맹세하고 싶었다. 하지만 매장에 다른 손님이 들어오는 순간, 여전히 일반인이 되고 싶다는 소망을 버리지 못한 나는 일방적으로 도망치기를 선택했다. 그리고 결과는….

놀랍게도 데이지가 나왔다. 오늘도 완벽하게 일코는 실패했지만 쇼핑에는 성공했다. 쇼핑은 역시 일코가 안 될 때 성공하는 법이다. 원하는 것을 얻으려면 유난을 떨어야 한다. 덕후에게 가장 중요한 것이 일코라면, 쇼핑에서 가장 중요한 것은 일코 해제다.

하루를 여유롭게 마무리하는 방법

- 저녁샤워파 인간과 샤워 친구들 -

세상 사람을 둘로 나눈다면 뭐니 뭐니 해도 아침샤워파와 저녁샤워파다. 그중에서도 나는 공인된 저녁샤워파 인간이다. 저녁샤워의 여유를 즐길 때 가장 중요한 것은 바디워시를 얼마만큼 구비했는가다. 매일같이 기분이 다른데 똑같은 비누로 씻는다는 건 인생에서 절대 있을 수 없는 일. 나는야 월화수목금토일 매일 다른 향으로 씻기를 바라는 이 시대의 유일무이 바디워시 헌터. 그래서인지 우리 집에서 1박 한 친구들은 도대체 무엇으로 씻어야 할지 모르겠다며 혼란스러워하기도 했다.

　욕실에서 나와 가장 오래 함께한 벗은 비욘드 바디힐

링 워시다. 이 바디워시로 말할 것 같으면 구름 같은 거품이 풍성하게 잘 만들어지고 향기가 아주 포근하다는 게 장점이다. 하지만 무엇보다 하루 벌어 하루 일급보다 더 많이 쓰고 다니는 나에게 제일 좋은 점은 가격이 저렴할 뿐만 아니라 1+1 행사도 자주 한다는 것이다. 물론 이것보다 더 싼 제품도 많지만 그런 제품들은 부엌의 오랜 벗 퐁퐁 같은 세정력으로 우리네 피부를 사막으로 인도하기 때문에 너무 과하게 저렴한 제품은 잘 사지 않는다.

비욘드는 엄마의 위로가 필요한 때 사용한다. 예를 들면 내가 잘못하긴 했는데 엄마에게 우쭈쭈를 받고 싶은 날 정도로 정리할 수 있겠다. 비욘드 바디힐링 워시는 그런 느낌이다. 밖에서 얼마나 고생이 많았느냐고 쫀득한 거품으로 나를 감싸주는 것 같은 기분이 든다. 세트로 바디힐링 로션까지 발라주면 금상첨화일 것 같지만 로션은 끈적임이 심해서 추천하지 않는다. 워시는 엄마 같지만 로션은 그런 어른스러움이 없다.

반면 기분이 더러울 때나 기분이 더러울 것이 예상되는 날 사용하는 바디워시가 있다. 유아 바디워시로 알려진 무스텔라 바디워시가 바로 그것. 나는 어른이 된 지 한참이 지났지만 피부만큼은 아기 피부라는 어처구니없는 믿음과 합리화로 올리브영에서 750밀리리터짜리 무스텔라를 덜컥 샀다. 늘 그랬듯 충동구매였다. 어른이 쓰는 제품은 아기가 못 쓰지만 아기를 위한 제품은 어른이 써도 된다. 어쨌든 무스텔라는 어떤 인공적 향기가 느껴지지 않는 것이 아주 순수한 향기를 자랑한다.

흠, 살결 냄새라고도 하던데 아마 아이 살결 냄새를 말하는 거겠지. 몇십 년간의 대중교통 생활로 사람들의 살결 냄새는 땀 냄새 혹은 소금 냄새라는 걸 알아버려서 처음에는 조금 의아했다. 무스텔라를 쓰면 어떤 더러운 마음도 씻어낼 수 있을 것 같은 용기가 생긴다. 특히 유독 전화를 많이 받은 날에는 무스텔라 거품으로 귀를 열심히 씻는다. 미세먼지가 있는 날에도 쓴다. 아직 무스텔라가 미세먼지 세정에 좋다는 연구 결과를 본 적은 전혀 없지만 마음이 그렇기 때문에 그냥 믿고 쓴다.

가끔은 향기롭고 싶을 때가 있다. 바디워시 향기가 욕실을 나선 후에도 지속된다고 믿는 바보는 아니지만 욕실에서라도 향기롭고 싶을 때. 러쉬의 바디솝은 향기만으로도 기분을 고양시킨다. 러쉬 술타나 오브 솝과 메이폴 솝만 있다면 샤워는 하루에 다섯 번도 가능하다. 이름은 너무 어렵지만 이 향기를 만끽하려면 반드시 기억해 내야 한다. 술타나 오브 솝은 완벽한 비누 향이 난다. 비누 향은 모든 여자의 로망이다. 욕실에 그냥 두기만 해도 비누 향이 나는 욕실이 된다. 별다른 이벤트는 없었지만 우아하게 하루를 마무리하고 싶을 때 쓰면 좋다. 물론 욕실에서 나오고 5분 정도 지나면 그 향기는 모두 사라진다.

날 설레게는 하지만 들뜨게 하지는 않는 바디숍이랄까? 러쉬 메이폴 솝은 솜사탕 향으로 가득 찬 달콤한 바디숍이다. 민트 향도 나지만 나는 메이폴이 솜사탕 비누라고 굳게 믿고 있다. 메이폴은 신나는 일이 있었을 때 샤워마저 신명 나게 하고 싶은 날 주로 쓴다. 그러면 그 신난 기분이 30분 정도는 더 지속되는 것 같다. 특히 매일같이 셀카는 찍지만 프사 건지기가 어려운 요즘 프사라도 한 장 건질 때, 인터넷으로 산 원피스가 나름 잘 어울릴 때, 연말정산으로 세금 돌려받을 때, 언니 집에 놀러 갔는데 뜻밖에 택시비를 받을 때 등등.

샤워를 하다 보면 머릿속에 떠오르는 생각을 자연스럽게 정리할 수 있다. 가끔은 잊어버릴 뻔했던 친구 생일도 기억해 내기도 한다. 내일 입을 옷도 구상할 수 있고, 영양제가 몇 개 남았나 고민하기도 한다. 혹시 생수나 쌀 사기 같은 부모님의 퀘스트를 잊은 건 아닌지도 다시 생각해 본다. 이런 생각들이 쓸데없어 보이지만 은근히 사는 데 도움이 된다. 사실 그리 큰 도움까지는 아니고 깨알 같은 도움이지만.

오늘은 비누 향이 가득한 술타나로 씻으면서 향기를 맘껏 즐겼다. 팩을 한 지 오래되었다는 생각이 들어 팩을 하기로 마음먹었고, 글감도 여러 개 생각해 냈다. 다가오는 수요일, 11번가 마트데이에서 살 생필품을 다시 체크한다. 그리고 여기에 쓰지 않은 바디워시가 두 개 더 있다는 것을 깨달았다. 러쉬 씨 베지터블 솝과 이솝 제라늄 바디 클렌저다. 러쉬 씨 베지터블은 바다의 비린내(해초 향기)가 너무 나서 안 쓴 지 오래되었고, 이솝은 너무너무 비싸서 아껴 쓰느라 잊고 있었다. 어쩐지 잊은 이유가 정반대다.

하루를 여유롭게 마무리하는 데는 저녁샤워만 한 게 없다. 사실 이 글의 첫 문장도 저녁샤워를 하면서 궁리했다. 요새 들어 게으름을 피우다가 아침샤워를 몇 번 했더니 글감은커녕 출근하면 바쁠 거란 상상 속에 무스텔라 바디워시만 양이 잔뜩 줄었다. 내일은 출근하는 날이고 아무래도 그날 밤에는 무스텔라를 쓸 것 같은 월요일이지만, 출근을 해야 돈을 벌고 돈을 벌어야 술타나니 메이폴이니 하는 고급 비누를 사기 때문에 경건하게 눈을 감아본다.

천안 명물 튀소 호두과자
제대로 주문하는 법

- 간밤의 호두과자 쇼크 -

어제도 그제도 아닌 오늘, 업무차 천안에 갔다 왔다. 사정상 전철을 타고. 연이은 주말 출근과 빡센 마감 기간을 겨우 보냈는데 왕복 네 시간 여정이라니. 조금 꺼려지지만 이곳은 회사니까. 사실 선택권조차 없는 나는 삼 주 차 대리이자 오 년 차 외거노비. 피할 수 없다면 즐기라는 말을 마음에 백 번 새기고 천안에 갈 만한 이유를 생각해 보았다.

뭐가 있을까. 그래, 역시 천안이라면 호두과자지. 근데 그냥 일반 호두과자 말고 튀김소보로 호두과자! (이하 일호, 튀호라 칭하겠다.)

튀호는 몇 주 전 천안에 들렀을 때 사 먹은 신박템인데 대전에 튀김소보로가 있다면 천안에는 튀김소보로+호두과자가 있다. 사실 팥을 좋아하지 않아서 그다지 끌리진 않았지만, 명성에 힘입어 어쩔 수 없이 구매했는데 먹어보니 생각보다 맛이 괜찮았다. 몇 개 더 사서 우리 집 노부부에게 주었더니 몹시 즐거워하길래 이번 천안 출장의 목적을 '튀호'로 잡았다. 노부부 입맛에 딱 맞는 음식을 찾기란 무척 힘든 일이기 때문이다.

천안 출장을 앞두고 우리 팀에서 소문난 투머치토커이자 인간 TMI인 나는 팀 사람들을 볼 때마다 이렇게 외쳤다.

"저기여. 팀장님(차장님 또는 과장님) 저 내일 천안에 가여. 튀김소보로 호두과자 먹으러 가여. 부럽져?"

놀랍게도 아무도 부러워하지 않았다. 하지만 까탈스러운 관종으로서 나의 익일 일정을 알린 것만으로도 충분히 만족스러웠다. 그렇게 대망의 천안행 당일. 비장한 각오로 지난번 찍어놓은 메뉴판을 보며 몇 박스를 사 갈지 고민했다. 내가 천안에 간다는 소식을 들은 회사 생활 정신적 지주인 다른 부서 B 과장님이 튀호에 관심을 보였기에, 과장님과 노부부의 몫으로 튀호를 사 갈 참이었다.

만 원 치가 열네 개, 5천 원 치가 일곱 개니까 만 원 세트를 두 개 사서 하나는 엄마 회사에, 하나는 B 과장님에게

주고 5천 원 세트를 하나 사서 집에서 까먹는 게 좋겠다고
생각했다. 아아, 딸내미(또는 동료)가 출장 다녀오면서 이렇
게 '힙한' 선물을 사 왔다고 하면 다들 너무너무 기뻐하겠
지. 그 생각만으로도 설레서 천안에 얼른 달려가고 싶었다.

하지만 천안은 달려갈 수 없는 곳이었다. 그곳은 다름
아닌 충청남도. 멀다고 생각하면 가깝지만, 가깝다고 생각
하면 멀다. 지하철을 타고 약 한 시간 40분을 꼬박 달려 천
안에 도착하자마자 튀호를 사러 달려갔다. 다행히 달려갈
수 있는 거리였다. 천안역 1번 출구에 있는 '천안옛날호두
과자'라는 집이 진짜 호두과자 집이라고 누군가가 그랬다.
내 기준 그는 천안 토박이나 다름없었기에 곧장 들어가 2만
5천 원을 쾌척했다. 약속 시간까지 조금 시간이 남아 3천
원짜리 핫초코도 먹으며 연신 튀호 사진을 찍어댔다.

오직 천안에 와야만 살 수 있는 튀호, 그리고 그걸 사
버린 나. 집에 가면, 내일 회사에 가면 그들이 얼마나 기뻐
할까! 입방정으로 둘째가라면 서러운 나기에 이미 튀호의
사진을 카톡으로 전송해 자랑했다. 그리고 고된 업무의 시
간. 여차여차해서 일을 마치고 집에 돌아오는데 튀호 이
녀석, 보통 무게가 아니다. 그래그래 특별한 과자니까, 넌

튀호니까. 거의 벽돌 수준으로 무거웠지만 모두 이겨냈다. 그들에게 튀호를 먹이겠다는 일념하에!

아참, 천안역에서 급작스레 출장 온 동기를 만났다. 애석하게도 친구는 튀호의 존재를 잘 모르는 듯했다. 요즘 사람답게 일단 우리 급만남의 인증 사진을 한 장 남기고, 튀호에 대해 브리핑을 해주었다.

"천안역 1번 출구. 천안옛날호두과자. 튀호. ㅇㅋ?"

친구는 안 그래도 엄마한테 선물을 사 가기로 약속했다면서 고마워하며 천안옛날호두과자 집으로 향했다. 흠흠, 역시 이런 먼 곳에 올 때 손에 선물 세트 하나 정도는 챙기고 싶은 효심은 모두 같은가 봐. 참 좋은 선물인 튀호에 대해 소문낸 나 자신이 너무 대견하고 기특하게 느껴져 솟아난 어깨는 서울특별시에 입성할 때까지 꺼질 줄을 몰랐다.

집에 돌아오니 웬걸 아빠가 없었다. 아빠는 몇 년 전 퇴직하고 집에서 열심히 취미 생활 중인데(백수라고는 못 하겠다) 일 년 만에 동창회에 갔다. 타고난 집돌이 그. 그의 피를 물려받은 타고난 집순이 나. 그래서 집에 당연히 아빠가 있을 줄 알았는데 없어서 속상했다. 얼른 생색을 내고

자야 되는데. 이게 뭐람? 365일 중 360일 집에 있는 아빠가 하필 오늘 외출했다고? 집에 와서도 엄마에게 튀호 칭찬만 30분째. 듣다 지친 엄마는 이걸 한번 미리 뜯어보자고 했다. 당당하게 그러자고, 참 골프공만큼 커서 하나만 먹어도 배부르다고 하며 튀호 세트를 열었는데.

대참사. 아니 내가 사 온 것은 일호였다. 그리고 5천 원치고 양이 몹시 많았다. 아니 어떻게 이런 일이…. 박스를 열고 우리 집 분위기는 순식간에 싸해졌다. 말도 안 된다. 잘못 산 거 아니냐 하기에는 나머지 두 박스도 너무나 똑같이 생긴 거였다. 서둘러 내가 봤던 메뉴판을 다시 본다. 아뿔싸. 만 원짜리가 여러 개 있다. 참고로 튀호는 동그랗게 생겼고 크기가 매우 크다. 다시 메뉴 이야기로 돌아가자면,

1. 일호 : 40개-10,000원 / 20개-5,000원
2. 튀호 : 17개-10,000원 / 7개-5,000원

생각해 보니 주문할 때 그냥 "만 원짜리 두 개랑 5천 원짜리 한 개 주세여" 한 게 화근이었다. 두 시간 전철을 탔더니 입이 안 풀려서 그만. 튀소라는 옵션을 말하지 않았

미친,
오늘도
너무 잘 샀잖아

으니 일반 호두과자를 주신 듯한데… 나도 사람이기에 "일반 호두과자 맞으세요?"라고 확인해 주지 않은 직원에게 서운함이 북받쳐 당장 전화라도 하고 싶었다. 하지만 그곳은 충청남도 천안, 왕복 네 시간. 당장 꿈도 꿀 수 없는 거리이며 무엇보다 서비스직 종사자로서 그렇게까지 하고 싶진 않았다. 튀소라고 말 안 한 내 잘못이니까.

아니 근데 이럴 수가. 세상에 이럴 수가. 난 그냥 간단히 정말 간단히 튀호로 천안에 갔다 온 생색을 내려던 건데. 서울에서도 쉽게 살 수 있는 일호를 2만 5천 원 치나 샀다니. 서울에도 코코호도는 지천에 있는데. 떨리는 마음으로 계산해 보니 무려 내가 산 호두과자가 백 개에 달했다(40+40+20). 아, 어쩐지 무겁더라. 그래, 그 호두 누군가의 뚝배기를 깰 만큼 무거웠어.

호두과자 박스를 열고 황망한 표정을 짓자 당황한 엄마가 갑자기 호두과자를 집어 들더니 먹기 시작한다. 튀긴 것보다는 건강에도 좋고 팥도 안 달아서 좋다나? 아니! 튀기지 않은 호두과자는 서울에서도 살 수 있거든요…? 딸을 위로하려는 엄마의 리액션에 감동받아 눈물이 날 뻔했다. 이런 게 사랑인가. 엄마는 지금 호두 맛을 연기하고 있다.

부모님은 그렇다 치고, 당장 내가 튀호를 산 줄 알고 지금 부푼 꿈에 잠이 들었을 B 과장님 건 어떡하지? 일호를 사십 개나, 세상에. 주지 말아야 하나. 중고나라에 튀소 호두과자 산다고 해봐야 하나. 그런 것도 중고로 파나? 아무튼 하루 사이 호두재벌이 되었고, 나는 한 개도 먹지 않을 거라 막막했다(팥을 싫어한다). 우선 이 소식을 아까 천안에서 조우한 친구에게 전해야지. 나처럼 그 친구도 일호를 잘못 샀을 수도 있다.

친구는 카톡을 보자마자 등골이 서늘하다며 호두를 뜯어보고 답장을 준다고 했다. 놀랍게도 튀호였다. 그렇다. 나만 일호를 샀다. "튀호 만 원 치 주세요"라는 말이 왜 그리 어려웠을까. 일반 호두과자 산 주제에 여기 튀김소보로 호두과자라는 게 있는데 그게 바로 이거라며 자랑한 친구에게 너무 부끄러워졌다. 게다가 그 호두가 백 개나 돼.

아아, 다시 봐도 갑분싸. 일호 쇼크. 충격도 잠시 우리는 백 개나 되는 호두과자를 어떻게 처치할지 논의했다. 튀호를 산 그 친구는 출장을 자주 가지 않는 다른 팀에 호두과자를 한 개씩 판매하는 건 어떠냐며 위로했다. 말도 안 되지만 참 착한 내 친구 호두천사. 잠시 동안 내일 회사에 가서 호두과자를 팔아볼까 생각했지만 그건 좀 아닌 것 같았다.

다행히 집에 돌아온 아빠가 호두를 여러 개 살해하며 맛있다고 해주었다. 그래, 괜찮다. 또 천안 출장이 있을 테니. 천안 그까짓 거 왕복 네 시간 또 가면 되지. 생각해 보니 옆자리 대리 언니도 천안에서 튀호를 사려다 일호를 사온 적이 있다고 한 것 같다. 바보 같은 점이 참 나랑 많이 닮았다. 그래서 적어보는, 천안 튀김소보로 호두과자 제대로 주문하는 법.

1. 구체적으로 말해야 한다.

- 만 원어치 주세요. (X)

- 튀김소보로 호두과자 만 원어치 주세요. (O)

2. (혹시 모르니) 한 번 더 재확인해야 한다.

- 그냥 간다. 가면서 친구를 만나 자랑한다. (X)

- "이거 일반 아니죠?"라고 한 번 더 묻는다. (O)

3. 팁.

- 서울에서 천안까지 전철을 타면 체력 저하로 주문 실수를 할 수 있으니 기차를 추천한다.

아무튼 이 글을 읽는 사람들은 나와 같은 실수를 하지 않기를 바라는 마음이다. 이렇듯 이 세상에 선한 영향력을 미치는 내가 다음번 천안 출장에서는 튀호를 사길 바라며. 끝.

습관성 잠옷 구매자의 변명
- 천 번은 사야 어른이 된다 -

이쯤이면 어른이 된 게 확실하다며 나 홀로 자부하던 순간, 다들 있으신지. 술집에서 당당히 소주를 주문했던 스무 살 무렵. 처음으로 내 명의의 계좌와 카드가 생겼을 때. 새 과외를 시작할 여유가 없어 세련된 말로 학생의 어머니를 설득하고 후배의 첫 과외를 성사했던 순간. 상품을 예약하며 "이게 과연 될까요?" 하며 불안해하는 고객에게 "어떻게든 되게 해야죠"라고 말하던 내 모습. 사소한 순간도 놓치지 않고 꾸준히 내 어른스러움에 만족해 온 나는야 이 시대의 칭찬왕. 그렇다면 가장 최근의 어른다운 순간은 언제일까.

아무래도 잠옷을 사는 순간이 아닐까 싶다. 사실 고등학생 때까지는 잠옷이랄 게 없었다. 잠옷이라기보다는 잘 때 입는 옷에 가까웠다. 그것도 목 늘어난 티셔츠와 허리가 줄줄 내려가는 추리닝 바지의 조합일 뿐. 티셔츠와 바지는 철저히 독립된 존재였고, 가끔 바지는 있는데 입을 티셔츠가 없는 참사가 발생하곤 했다. 하지만 나는 그들의 자유의지를 존중하는 지성인으로서 티셔츠와 바지의 기분을 면밀히 살펴야만 했다. 찌개를 먹을 때 튀지 않도록, 김치 국물이 소매에 묻지 않도록 등등. 내 명의의 통장이 생기고 월급을 받으면서 슬슬 잘 때 입는 옷 따위의 기분을 살피는 게 영 귀찮아졌다.

그때부터 야금야금 잠옷을 샀다. 잠옷이란 모름지기 상하의 세트가 기본이라 이제 옷가지 기분 따위는 살피지 않아도 되었다. 그래, 이제부턴 잠옷은 세트로 입고 싶은 내 마음이 먼저야. 상의에만 밥풀이 묻더라도 하의까지 함께 세탁하기로 마음먹었다. 왜냐면 잠옷은 하나니까. 떼려야 뗄 수 없는 관계니까. 만약 그 잠옷이 캐릭터 잠옷이라면 어떨까. 하늘색 미키 잠옷을 처음 입던 때가 떠오른다. 면으로 된 반팔 잠옷이었는데 소매는 자연스레 롤업되는

미친,
오늘도
너무 잘 샀잖아

디자인에 가슴팍에 해맑게 미키가 그려져 있었다. 한창 공동구매가 유행하던 시절 네이버 카페 공구방에서 산 것이었다.

외출할 때 캐릭터가 그려진 옷을 아주 안 입는 것은 아니지만 좋아하는 마음에 비해 자주 못 입는 것은 사실이다. 그건 내가 이상한 사람이라서가 아니라 주변 시선을 꽤 신경 쓰는 호모 사피엔스이기 때문이다. 그러나 미키 잠옷은 잘 때마다, 즉 매일 입을 수 있으면서도 마음 놓고 미키를 좋아할 수 있게 해준다. 캐릭터를 좋아하는 사람이라면 마음껏 좋아할 수 있는 여유가 얼마나 중요한지 알 것이다. 이 미키 잠옷에는 치명적인 단점이 있었는데 세탁 후 치명적으로 줄어들었다는 점이다. 내가 살이 쪘을 가능성도 크지만, 잠옷이 줄어든 것도 사실이다.

잠옷을 사는 게 어른답다고 생각한 가장 큰 이유는 바로 가격이다. 보통 사람은 같은 가격이라면 잠옷보다는 외출복을 산다. 어차피 집에서는 아무도 나를 안 보는데 아무거나 입어도 되지 않을까 하는 마음에서! 극단적으로는 잘 때 입는 옷에 '왜 돈을 써?' 하는 마음도 있을 것이다. 나 또한 3만 9천 900원짜리 잠옷을 들었다 났다 고민하다 안 사고 집으로 돌아간 적이 한두 번이 아니다. 하지만 면 백 퍼센트의 곱디고운 체크무늬 플란넬 파자마를 만나면서 나는 돌변했다. '아니 남들한테 보이는 게 뭐가 중요해! 중요한 건 내면의 옷인 잠옷이다!' (하지만 현실의 나는 남에게 보이는 것도 중요하고 내면의 나도 중요하다.)

놀랍게도 3만 9천 900원짜리 플란넬 파자마는 빨아도 전혀 줄지 않았고 너무 얇은 면이 주는 위태로움도 전혀 없었으며 체크무늬 디자인은 외출복으로도 괜찮을 정도였고(그러나 한 번도 입고 밖에 나간 적은 없다) 포근한 착용감마저 완벽했다. 무엇보다 입고 있으면 마치 영화나 드라마의 주인공처럼 나 자신을 몹시 아끼는 사람이 된 것 같은 기분이 들었다. 어른이 된다는 것은 나만의 잠옷에 기꺼이 투자하는 사람이 되는 일이란 걸 깨달았다. 처음이 어렵지, 두 번째는 쉽다고 하였나. 잠옷 사기는 곧 새로운 취미가 되었다. 잊을 만하면 친구들에게 잠옷 후보 1, 2, 3을 골라 카톡을 보낸다.

사진을 보냈습니다.

사진을 보냈습니다.

사진을 보냈습니다.

"나한테 어울릴 만한 디자인 추천 좀. 안 사는 옵션은 없음."

잠옷 타령에 질린 친구들은 "혹시 자면서 옷 갈아입어?" 또는 "몸이 혹시 다섯 개야?" 같은 신랄한 비난을 일삼는다. 그러나 포기는 배추를 셀 때나 쓰는 것이다. 잠옷을 사면 좋은 이유를 온몸으로 설파하고 묻지 않은 잠옷 인증 사진과 호들갑 남발, 각자에게 맞는 사이즈 추천까지 해주고 나면 가끔은 "잠옷은 처음 사봐. 근데 너무 좋다"라는 뿌듯한 이야기를 듣는 날도 온다.

답답한 것은 딱 질색인 나는 잠옷으로는 시보리가 있는 옷을 절대 입지 않는다. 그 밖에도 땀이 많기 때문에 폴리나 레이온 소재는 아무리 예뻐도 사지 않는 편이다. (외출복의 경우 레이온 소재 원피스를 오조 오억 개 가지고 있다.) 좋아하는 소재는 단연 땀 흡수가 잘되는 면이다. 최근에는 리넨 혼방이라는 코튼 리넨 소재에 빠져 리넨 잠옷을 세 개나 샀다. 잠옷 개수로 나이를 따진다면 아마 노년기에 속하지 않을까 싶은 발군의 구매력. 잠옷은 신축성도 중요한데 신축성과 복원력 두 마리 토끼를 잡는 것이 가장 중요하다.

청바지든 잠옷이든 무릎이 늘어나 버리면 끝인 거다.

그렇게 보드랍고, 잘 늘어나지만 금세 복구되는 잠옷들을 사 모으기를 몇 년. 술을 먹다 문득 결혼한 친구가 보고 싶어서 대뜸 영상통화를 걸었는데 신혼부부 잠옷이 우리 노부부 잠옷과 같다. 대박 사건! "야 이거 내가 아는 잠옷인데!" 하려다가 멈칫한다. 아차차, 내가 추천했지. 친구가 이 잠옷 정말 레전드라고 해줘서 그날은 술이 더 달았다. 얼마 전 육아를 시작한 언니에게는 신축성 좋은 잠옷을 추천해 주었다. 역시 레전드라고 카톡이 왔다. 한 개 더 산다고도 했다. 역시 쇼핑의 묘미는 내가 산 걸 남도 사게 하는 것이다. 이렇게 내 주변은 개미지옥처럼 잠옷의 매력에 빠져들고 있다.

그래서 나는 오늘도 룸 웨어 코너를 눈팅하고, 세일 정보를 단톡방에 뿌린다. 주변 모두가 어른이 되는 그날까지.

서른에는 서른 파티!

- 십 년 지기, 마지막 이십 대를 기념하다 -

야. 이제 우리 십 년 후면 스물아홉 살인 거야. 그땐 취직도 하고 돈도 벌고. 엄청 어른이겠지? 야자 시간, 하라는 공부는 안 하고 십 년 후를 궁금해하던 고3들은 어느덧 스물아홉이 되었다. 기특하게도 다들 대학에 가고, 취직을 했다. 사실 결혼은 아무도 하지 않았지만. 그래서 자타공인 어른이라기에는 다소 쑥스럽지만 사회적으로는 그럭저럭 어른이 되었다.

십몇 년 전 작은 교실에서 만난 친구들은 나를 포함해서 총 네 명이다. 한 명은 일면식도 없는데 체육복이나 교과서 같은 것들을 대신 빌려주다 친해졌고, 출석 번호 15

와 16번으로 고3 일 년을 짝꿍으로 지냈던 친구도 있다(우리 학교는 키로 출석 번호를 매겼고, 고3 때는 출석 번호로 짝을 지어 앉았다). 그리고 다른 한 명은 체육복과 교과서가 없는 친구를 대신해서 빌려달라고 부탁했던 친구다.

만약 친구가 준비물을 잘 챙겼더라면, 키가 조금 더 컸더라면, 준비물이 없는 친구를 챙겨주지 않았더라면 우리는 지금처럼 친하지 못했을 수도 있다고 생각하니 조금 아찔하다. 작은 교실에 모여 수학 문제를 풀던 예전처럼 자주 보지는 못하지만, 우리는 언제든 어제 교실에서 본 것처럼 서로를 의미 없는 말로 나무라며 농담을 건넬 수 있는 친구이기 때문이다.

하지만 맞이할 나이 서른을 생각해 보면, 어쩐지 긍정적으로 생각할 수 없었다. 일반적인 분위기가 그랬다. 나는 서른이 되면 인생이 끝날 것처럼 슬퍼해야만 할 것 같은 분위기가 싫었다. 체크무늬 교복을 입고 단어를 외우던 꿈 많던 소녀들은 대학에 들어가 졸업도 했고 취업에 성공해 직장인이 되었으며 심지어 진급도 했다. 이것이야말로 축하할 일이 아닌가? 도대체 할 걸 다 했는데 왜 우울해야 해! 이건 음모다. 여자가 느끼는 서른의 우울과 슬픔은 사회적으로 강요된 것이다.

우리는 더 이상 부모님이 학교에 석식비를 내줘야 저녁을 먹고, 용돈을 받아야 최고급 식당인 미스터피자에서 생일 파티를 여는 코흘리개가 아니다. 수학여행이 다가오면 옷을 사달라고 부모님을 조르던 아이들은 이제 모두 제 돈으로 옷을 산다. 우리에게는 엄연히 본인 명의의 월급통장이 존재하며, 그러므로 우리는 예산 집행도 합리적으로 진행하는 진짜 어른인 것이다. 그래서 나는 제안했다.

"얘들아 우리 내년에 서른 되니까 서른 파티 어때?"

고맙게도 귀여운 나의 친구들은 적극 공감하며 파티에 힘을 더했다. 일사천리로 네 명이서 함께 묵을 호텔을 알아보고, 우정 잠옷을 사고, 깜짝 선물 교환(예산은 3만 원. 서른이니까 30이라는 숫자에 0을 3개 더 붙여보았다. 30+000. 본격 3파티)을 위한 작당 모의도 마쳤다. 이십 대의 마지막을 기념하겠다는 결연한 의지는 넘실대다 못해 넘쳐흐를 지경이었다.

생각보다 네 명이서 한 방에 잘 수 있는 호텔은 많지 않았다. 레지던스나 펜션은 네 명보다는 더 많은 인원이 모여야 할 것 같다는 생각에서 제외했다. 우리가 찾아낸 곳은 삼성역에 위치한 '오크우드 프리미어 코엑스센터'다. 침대가 두 개, 화장실도 두 개 그리고 거실과 심지어 부엌도 있다. 식기세척기, 냉장고, 전자레인지는 물론 그릇, 포크, 나이프 등등 온갖 식기구가 줄 서서 우릴 기다리고 있었다. 모든 것이 풍요로운 오크우드 호텔에 없었던 것은 단 한 가지. 바로 칫솔 세트. 집에 칫솔을 낙오시킨 친구 한 명은 세상에서 제일 아깝다는 칫솔 사기에 올해 n번째 소비를 해야만 했다.

우리가 선택한 룸 이름은 투베드 수페리어(34평). 두 달 전부터 파티를 계획해서인지 생각보다 나쁘지 않은 금액을 찾아 예약할 수 있었다. 4인 조식을 포함해 41만 원. 현장 결제 조건이라 미리 결제해야 한다는 부담도 없었다. 저렴할 것 같다는 편견으로 뭉친 수많은 호텔 예약 앱을 거쳐, 오크우드 호텔 홈페이지에서 베드케이션 패키지를 예약했다. 12월은 연말 송년 파티가 몰리는 시점이니 사전 예약은 필수다. 일찍 일어나는 새가 마스크를 얻듯, 일찍 예약하는 새가 파티를 한다.

호텔에서 송년 모임은 자주 하지만 연말을 보내는 건 처음이라 조금 설렜다. 설레는 마음에 인스타그램에서만

미친,
오늘도
너무 잘 샀잖아

보던 으리으리한 파티용 풍선이 사고 싶었고, 고르다 보니 어느덧 4만 원을 훌쩍 넘기고 말았다. 친구들에게 가격을 털어놓으면 기함할 것 같아서 일단 결제하고 배송이 오네 마네 하며 그들을 현혹했다. 하지만 이 모든 것이 풍선과의 숨 막히는 사투가 될 줄은 아무도 몰랐다.

대망의 서른 파티 당일. 각자의 준비물을 살뜰히 챙겨 삼성동으로 향했다. 오크우드 호텔은 2호선 삼성역과 9호선 봉은사역에서 도보로 비슷한 거리에 있다. 하지만 연말 파티를 계획하는 청춘들에게 북극한파를 고려한다면 삼성역을 이용하는 걸 추천한다. 봉은사역에서 오크우드 호텔로 향하던 길은 가히 지옥과도 같았다. 불지옥의 반대가 있다면 빙지옥이 아닐까 하는 생각이 들 정도로 어마어마하게 추웠다.

칼바람 연타를 맞은 얼굴은 꽁꽁 얼어 실룩대기조차 힘들었고, 캐리어를 끌던 손은 찢어지기 일보 직전이었다. 재밌는 점은 호텔로 향하던 우리가 거리 택시 기사님에게 "인천 에어포트?" "인촌?"이라는 호객 행위를 당했다는 것이다. 우리 발걸음이 너무 잽싸 보였던 걸까! 아무래도 캐리어를 끌어서인 것 같다. 본격 서울 여행자. 아무튼 2호선 삼성역에서는 코엑스로 들어가면 실내로 이동이 가능하니 북극한파 시대에는 삼성역을 꼭 이용하자.

현대백화점 식품관에서 장을 보았다. 백화점이라 가격대가 무척 높았다. 어엿한 스물아홉 살이지만 단 한 명도 오너드라이버가 아닌 관계로 뚜벅뚜벅 걸어갈 수 있다는 지리적 이점에 이용당할 수밖에 없었다. 하지만 혹시 호텔에 갈 예비 서른들이 있다면 장은 미리 보도록 하자. 잘하면 풍선값 정도는 아낄 것이다. 그리고 배고픈 상태로 장을 보면 십중팔구 다음 날 남는다. 장 보기 전에 미리 배를 채운다면 식비를 좀 더 절약할 수 있다.

장을 보고 돌아오니 6시. 우리는 바로 풍선 제작에 들어갔다. 하지만 풍선은 생각보다 까다로웠고, 쉽지 않은 상대였다. 아아, 애인에게 프러포즈를 한다면 이런 마음일까. 일단 풍선을 부는 것은 크게 힘들지 않았다. 그때까지만 해도 예쁜 파티 룸을 꾸민다는 설렘으로 마음도 둥실둥실 부풀어가는 것만 같았다. 풍선을 불 때는 손펌프를 이용해야 폐 건강에 좋으며, 손펌프를 여러 개 준비해서 빨리빨리 만드는 것이 좋다. 나는 쇼핑계의 거목답게 손펌프가 두 개나 있었고, 친구의 찬조 덕분에 세 개로 풍선을 불었다.

복병은 '파티 풍선' 붙이기였다. 일단 풍선을 붙일 때는 커튼보다는 평평한 벽면이 좋다. 커튼은 표면이 균일하지 않아 둥근 풍선을 붙이기에는 부적합하다. 우리는 커튼에 풍선을 붙일 방법을 찾지 못해서 침실 벽면 위쪽에 풍선을 붙이기로 했다. 풍선을 사면서 한 가지 더 산 게 있다면 풍선용 양면테이프다. 하지만 크게 효과가 없었다.

30 PARTY의 P가 계속해서 떨어지며 우리를 괴롭혔기 때문이다. 정확히는 한 번도 벽에 달라붙은 적이 없었다. 하지만 P가 없는 채로 파티를 강행할 수는 없었다. 서른 파티의 주인공이 우리 모두이듯 P. A. R. T. Y. 알파벳 모두가 주인공이다. 급하게 사 온 양면테이프는 말만 양면일 뿐, 단면보다 못한 접착력을 자랑했다. 하아… 서른이고 나발이고 풍선이고 뭐고 다 부숴버리고 싶은 심정이었다. 결국 프런트에 전화해서 퇴실 시 다시 반납하는 조건으로 박스테이프를 빌렸다. 하하하 결과는 성공이었다. 풍선으로 파티 룸을 꾸미려는 자, 그 무게를 견뎌라.

이 시대의 예비 서른이라면 파티에서 풍선 무게를 견딜 강력 접착 양면테이프 또는 흔한 박스 테이프를 꼭 지참하기를 정말 간절히 바란다. 그동안 읽은 파티 후기에는 이런 점이 없어서 너무나 힘들었다(지푸라기 잡는 심정으로 검색까지 했다… 풍선 붙이는 법). 풍선을 붙이고 저녁 식사를 시작하니 8시였다. 아니 풍선을 두 시간이나 붙였단 말인가. 노파심에 덧붙이자면 호텔 벽지가 테이프에 훼손될 염려가 있는지 미리 살피고 붙이는 게 좋다. 오크우드 호텔의 벽면은 테이프로 상하는 재질이 아니라 참 정말 너무 많이 다행이었다!

그나저나 바보 세 명이 풍선을 붙이는 동안 홀로 부엌에서 외로운 제철 과일과의 싸움을 견디며 건강한 삼십 대를 위한 식단을 구현해 준 오래전 내 짝꿍 15번 친구에게 감사하다.

서른 파티만 한 것은 아니다. 생일 파티도 병행했다. 뭐든지 한 번에 몰아 할 때 효율성이 극대화하는 법이다. 나는 몇 달 전 생일날 받은 케이크 기프티콘을 사용했다. 내 생일 케이크로 또다시 생일을 축하한다는 게 생일 돌려막기 같지만 결론은 하길 잘한 것 같다. 투썸플레이스에서는 크리스마스 케이크를 사면 미러볼 블루투스 스피커를 단돈 8천 원에 구매할 수 있는 이벤트를 진행하고 있었다. 자타공인 소비 요정인 나는 밑져야 본전이란 생각으로 8천

냥을 쾌척했고 우리는 결국 미러볼에 빚을 졌다.

미러볼이 뿜어내는 영롱한 불빛에 취해 밥을 먹는데 뉴욕에 사는 서른 직장인이라도 된 듯한 기분이 들어 몹시 사치스러운 마음을 감출 길이 없었다. 배가 불러진 우리는 잠시 쉴 틈도 없이 작년 송년 선물로 받은 블루투스 마이크를 꺼내 노래방 놀이를 시작했다. 이때도 미러볼은 마치 마이크와 세트인 양 우리를 즐겁게 해주었다. 내 생각에는 그 즐거움이 1만 6천 원 치 정도는 된 것 같다. 그래서 우리는 미러볼에 빚을 졌다.

노래방 놀이뿐만 아니라 인터뷰 놀이, 파티 룸에서 사진 찍기, 보드게임하기, 새벽까지 수다 떨기, 그럼에도 조식 먹기, 롤링페이퍼 쓰기, 마지막으로 풍선 장례식까지. 그 누구보다 빡센 일정을 우리는 군말 없이 소화해 냈다. 단 한 시간의 휴게 시간도 허용하지 않는 서른 파티. 해병대 캠프보다 빡셌던 서른 캠프. 서른 정말 두 번은 못 하겠다.

열일곱에 만나 스물아홉까지 변함없이 함께해 준 친구들에게 고맙다. 롤링페이퍼에 장난 같은 말만 지껄여 댔지만, 사실은 함께 있으면 그냥 즐겁다. 서른을 앞둔 우리 관심사는 바야흐로 건강. 정말 앞으로도 우리가 건강하게 쭉 오래오래 함께하기를 바란다.

그래서인지 친구 1은 아버지의 홍삼 엑기스를 세 포 훔쳐 와 한 포씩 먹이려고 했지만 나는 끝끝내 너무나도 스물아홉답게 홍삼은 써서 못 먹는다며 거절했다. 휴, 나도 언젠가는 홍삼을 먹는 어른이 되겠지!

나는 스물아홉보다는 서른이 좋고, 서른보다는 서른하나가 좋다. 나이가 든다는 것은 단순하게 서글픈 일일지 모르겠지만 어쩌면 무언가를 알아간다는 것이기도 하다. 서른 준비를 하며 나는 파티를 알게 되었고, 내년에는 좀 더 치밀하게 판을 벌일 수 있을 것 같다. 그것만으로 유익한 스물아홉의 하루였다. 그렇게 마지막 이십 대 기념식은 성공적으로 끝났다. 서른에는 서른 파티! 즐거운 일에는 파티하는 것을 잊지 말자.

오뚜기 떡라면과 비장의 필살기

- 인생에서도 필살기는 필요하다 -

야간 근무를 마치고 집으로 돌아오는 길이었다. 보통 출구를 나오자마자 횡단보도를 건너지만, 이번에는 우측으로 돌아 나갔다. 그리고 바로 앞 씨유 편의점에 들어갔다. 나는 정말 간절히 찾고 있었다. 컵라면계의 신성이라는 오뚜기 떡라면을. 지난밤 이렇다 할 끼니를 때우지 못하고 감동란, 미닛메이드, 맥스봉 등으로 허기를 채웠더니 알찬 한 끼가 절실했다.

오뚜기 피자의 대성공과 윤리경영 신화로 종종 '갓뚜기'에 비유되는 오뚜기가 떡라면을 컵라면으로 만들었다는 인스타그램 피드를 봤을 때, 나는 닐 암스트롱이 달에 첫 착륙을 한 기분을 알 것 같은 마음이었다. 세상에, 어떻게 이런 문물이. 그렇게 설레는 마음을 안고 들어간 씨유에는 떡라면이 없었다. 아아, 말도 안 돼. 비번 날 오전 시간은 황금과도 같거늘. 하지만 포기할 수 없었다.

지도 검색으로 인근 씨유를 검색하자 647미터 거리에 하나가 더 있었다. 집이랑은 반대 방향이지만 밭을 가는 소의 마음으로 묵묵히 걸었다. 10분을 걸어 도착한 그곳에는 다행히 떡라면이 있었다. 새삼 야간 근무로 벌어들인 야근 수당을 생각하며 욕심을 내 떡라면 컵을 두 개나 샀다. 첫 끼부터 라면을 먹는다고 하면 나무랄 법도 한데 엄마도 여간 신기한 모양이었다. 어서 끓여보라며 성화였다.

그것이 나와 떡라면의 첫 만남이었다. 너무 배가 고파서였을까. 지난밤 잠을 설친 탓일까. 생각보다 넘어가질 않았다. 반 이상 남겼다. 처음 느낌은 뭐랄까. 일단 너무 매웠다. 신라면 정도는 잘 먹는 성인인데, 먹을수록 혀가 아팠다. 떡도 덜 익어 질겅질겅댔다. 아, 이게 아닌데. 뭔가 개선할 수 있을 것 같았지만 너무 졸려서 먹자마자 단잠에 들었다.

떡라면을 좋아하는 것은 단순하게 떡도 좋고 라면도

좋고 국물도 좋기 때문이다. 하지만 오뚜기 떡라면을 보고 놀란 것은 바로 간편하게 먹을 수 있기 때문이 아닐까. 너무 지쳐 봉지 라면을 끓일 힘과 의지조차 없는 직장인에게 떡라면은 간편하면서도 푸짐한 한 끼 식사다.

하지만 기존 떡라면을 생각해 보자. 봉지 라면에 떡까지 넣으려면 그 과정은 어떤가. 일단은 떡국 떡을 사야 하고, 1인분이 아니기에 먹은 양보다 먹지 않은 떡이 더 많다. 인간은 싫증을 잘 내고, 그 탓에 잔여 떡들은 냉장실에서 철 지난 옷처럼 금세 잊힌다. 봉지 떡라면은 귀찮다. 떡을 씻어야 한다. 체감상 1.2배 정도 더 번거로운 기분이다. 결국 그런 날은 배민을 켠다. 배달의 민족 한국인 만만세.

오뚜기가 시대의 떡라면 컵을 발명한 이제는 그런 걱정을 하지 않아도 된다. 우리에게 필요한 건 끓인 물과 컵라면 하나. 오전에 상사에게 깨져도, 길을 걷다 껌을 밟아도, 양치하다 핸드폰을 물에 빠트려도, 모든 삶의 의지를 상실해도 웬만하면 떡라면 컵 정도는 끓일 수 있다. 어쩌면 떡라면 컵은 희망이다. 아무리 지쳐도 한 끼 때울 수 있다는 간편함의 희망.

떡라면 컵에 빠져 허우적거리던 2주 동안, 가장 맛있

게 먹는 법을 알아냈다. 삼 일 연속으로 떡라면을 먹어댄 결과다. 내가 생각해도 내가 너무 지독하다. 지극히 개인 적인 입맛이지만 혹시라도 떡라면 컵을 한 번 먹고 관뒀거 나, 맵다고 느끼는 사람들에게 비장의 필살기를 공개한다.

준비물: 오뚜기 떡라면 1개, 물 소량, 계란 한 개, 슬라 이스 치즈 반 장. 우선 물을 끓인다. 물이 끓는 동안 수프 와 떡을 미리 넣어둔다. 여기서 중요한 점은 계란도 함께 깨서 넣는 것이다. (컵라면이지만 봉지 감성을 살려야 한다.) 끓는 물로는 떡과 계란이 잘 익지 않는다. 그래서 물을 붓고 나 서 전자레인지에 2분 돌려야 한다. 먹다 매워지면 치즈 반 장을 넣고 휘휘 저어 고소함을 음미한다. 계란은 터뜨리지 말고 그냥 두면 먹는 사이에 서서히 익는데, 노른자를 소 중히 간직했다가 국물에 터뜨려 먹으면 어느새 눈에서는 땀이 난다. 아, 이 맛이야!

치즈를 한 장 넣거나 처음부터 넣으면 매콤한 맛이 아 예 사라져 느끼해진다. 스트레스받는 날에는 '노' 치즈로 끓이고, 고소함이 당길 때는 '원' 치즈로 끓인다. 나는 오늘 도 회사에서 바보짓을 했다. 한두 번도 아니고, 별거 아닌 실수지만 시간을 허투루 보냈다는 생각에 집에 오니 풀이

죽어 밥 생각이 안 났다. 그러다 떠오른 나만의 소울 푸드, 오뚜기 떡라면. 손 하나 까딱하기 싫은 정도의 멍청한 삽질을 했어도 이 정도는 끓일 수 있으니까! 오늘은 하프 치즈로 끓였다. 음, 멍청하긴 했는데 치명적 실수는 아니었어. 떡은 막 뽑은 것처럼 쫄깃하고, 국물은 매콤하면서도 고소하다. 꼬들꼬들한 면발에는 국물이 잔뜩 배어 있다.

살다 보면 인생에서도 매운 날이 있다. 요즘 같은 연말에 쏟아지는 일을 감당할 수 없는 내 능력에 속상할 때. 동료가 내뱉는 한마디가 힘이 된다. 퇴근길 수입 과자점에 줄지은 과자가 위로된다. 택배가 집에 도착했다는 메시지가 생기를 준다. 가끔은 너무 맵다 생각할 때 다가오는 사소한 치즈 같은 순간들, 그런 것들로 다시 힘을 낸다.

떡라면을 끓일 때 계란과 치즈를 넣듯 인생에서도 필살기는 필요하다. 실수에서 배우되 너무 실의에 빠지지 말 것, 틀리는 게 두려워 꼭꼭 숨기지 말 것, 용기가 없어도 용기를 내볼 것. 나는 고작 떡라면에서 뜻밖의 메시지를 얻은 듯하다. 나도 언젠가는 누군가에게 치즈 같은 순간이 될까. 떡라면을 먹으며 참 많은 생각을 한 하루였다.

그 많던 설 상여는 어디로 갔을까

**- 미래 소비는 오늘도 계속되고,
현재의 나는 어쩔 수 없이 달려야 한다 -**

오전 7시. 오랜만에 반가운 알림이다. 오늘은 바로바로 설 상여가 입금되는 날. 아아, 아직 입금조차 되지 않은 상여를 생각하며 사 모은 것이 얼마나 많은지. 도대체 왜 이비인후과 옆에 옷가게가 있으며 하필 내가 아픈 날 50퍼센트 세일을 하는 것인가. 쇼핑하지 않고는 살아갈 수 없는 이 가혹한 세상. 매번 눈 뜨고 코 베이는 '나무그림' 옷가게에는 예쁜 옷이 너무 많다.

이번에는 베이지와 스카이블루가 적절히 섞인 코트다. 음, 집에 이미 갈색과 초록색이 섞인 코트는 있지만 베이지와 스카이블루는 신선하잖아. 게다가 예전부터 비싸서 굴비처럼 바라만 봤는데 오늘까지 30퍼센트 할인을 한다고? 이곳에 오면 딱 한 가지 옵션밖에 없다. 다름 아닌 사는 옵션. 자신 있게 카드를 내민다. 왜냐하면? 1월이니까. 1월에는 복지 포인트도 주고, 설 상여도 주는 좋은 달. 좋아 모든 게 완벽해. 저 코트만 있으면 완벽해.

매서운 한파에도 얇은 핸드메이드 코트를 사버린 내가 조금 한심하지만 어쩔 수 없다. 설 상여란 마법의 단어가 나를 부추겼다. 오늘은 기필코 무난템을 사겠다며 들러놓고 스카프를 같이 준다는 말에 최애 컬러인 청록색 니트를 돌연 구매. 50퍼센트 할인하는 블루종 여러 개를 들고 고민하다가 하나 가격에 두 개라는 무적의 논리로 둘 다 구입. 한심함과 노 자제력, 설 상여의 숨 막히는 협업.

그래서인지 설 상여는 썰물처럼 빠져나갔다. 3일 만에 헤어진 남친보다도 재빨리. 통장 잔고를 보니 '현타'가 온다. 어째서 하루 만에 흔적도 없이 사라진 거야. 정 없는 카드사 녀석들. 이제 다음 기회는 2월 25일인 건가? 불현듯 벼락부자가 되고 싶어졌다. 그게 아니면 로또에 당첨이라도. 지금도 물 쓰듯이 쓰지만 더 격렬하게 쓰고 싶다. 돈벼락을 맞으면 가장 먼저 뭐부터 사볼까 고민해 본다.

일단은 바디스프레이를 종류별로 쟁일 거다. 평소 비누 가게에서 향수를 시향하면서 직원이 할 말을 가로채는 게 취미인 나에게 요일별 향기를 선물하는 거다. 꼭 마음에 드는 향기는 비싸고, 향수는 아무리 비싸도 시간이 지나면 예전만 못하기에 돈벼락 맞았을 때 사기에 딱이다. 향기의 지속력은 아무래도 동일한 샤워젤과 로션에서 온다. 평소에는 여력이 안 되어 바디미스트만 샀지만 이때에는 다르다. 샤워젤, 로션, 향수의 삼박자를 드디어 이뤄보는 거다.

향기로운 사람이 되고 난 후에는 미용실에 가야겠다. 30만 원 회원권과 50만 원 회원권을 고민하던 소시민의 일상은 이제 굿바이. 돈이 있을 때 평생 회원권을 끊어야 한다. 그리고 사치스럽게 붙임 머리로 조이 머리를 하고 싶다. 조이 머리는 레드벨벳 조이가 한 파마머린데 너무 예뻐서 핸드폰 배경 화면으로 지정해 놓고 열심히 머리를 기르고 있다. 하하하 올해 안에 조이 머리 턱도 없다던 친구들아! 나 백만장자 되면 머리 붙일 거다!

머리를 하고 나면 역시 바로 앞에 있는 나무그림에 가서 터무니없이 가성비 떨어지는 잡화를 사고 싶다. 고가의 양말이라든가! 오리털 한 점 있지 않은 고운 색의 폴리 패딩, 패턴이 유니크하다는 이유로 가격이 건방진 원피스 등등. 털이 날려 활용도 떨어지는 앙고라 니트도 이럴 때 꼭 사줘야 한다. 아차차, 배꼽까지 오는 기장의 상의도. 옷을 꼭 입으려고 살 필요는 없으니까!

옷을 사면 역시 먹으러 가야 한다. 양갈비를 먹어야겠다. 양갈비는 왠지 비싸고 만만치 않은 느낌이다. 같은 양이어도 꼬치에 꽂았느냐 뼈에 붙어 있느냐에 따라 아주 다르게 느껴진다. 양갈비는 어른의 음식. 주임 아닌 대리의 음식. 월급 받아 부모님에게 사주는 음식. 칭다오 맥주나 꿔바로우 같은 잔챙이는 접어두고 오로지 양갈비로만 배를 채우는 사치스러운 호사를 누리고 싶다. 양들에게는 미안하지만 백만장자니까 그 정도는 해도 되지 않을까?

역시 박봉 중의 프로 박봉러로 살아서인지 백만장자가 된다고 해도 뭘 해야 할지 잘 모르겠다. 아빠 차도 바꿔주고 집도 사고 싶지만 거액은 써본 적 없는 게 함정. 얼만지도, 뭐가 좋은지도 잘 몰라서여…. 사실 당장 관심 있는 건 가볍고 스마트하고 하얗고 작고 귀여운 고성능 노트북?

현실은 칼퇴근을 간절히 소망하는 직장인, 그래도 백만

장자가 되면 취미로 회사에 다니고 싶다. 아쉬울 것 없는 사람이 되는 건 어떤 기분일까! 정말 모르겠다. 나는 매일 매일이 아쉽고 월급날이 기다려진다. 미래 소비는 오늘도 계속되고, 현재의 나는 어쩔 수 없이 달려야 한다. 그 많던 설 상여는 어디로 갔을까. 성과급이 나온다는 7월만을 기대해 본다.

쇼핑왕이 되려는 자, 그 무게를 견뎌라

- 자발적 퍼스널 쇼퍼의 삶 -

자타공인 쇼핑왕이 되면서 묘한 책임감을 느낄 때가 있다. 누군가 쇼핑 문의를 해올 때면, 마음속 깊은 곳에서부터 화르르 불이 붙으며 오지랖을 떨게 된다.

그날은 평소처럼 라볶이 두 개, 참치김밥 두 개라는 4인 점심 공식에 충실하던 날이었다. 주황색 국물에 알맞게 퍼진 어묵을 집으며 같은 팀 언니가 뜬금없이 에어팟이 있느냐고 물었다. 없을 리가 있나. 에어팟은 작년에 근무지를 옮기며 구매한 아이템 중 하나다. 당시 새로운 업무에 적응 중이었던 나는 종종 주말 근무를 하게 되었고, 주말의 사무실에선 역시 선 없는 이어폰으로 편하게 노래를 들어야 한다는 논리에서 산 아이템이었다.

잠시 떡볶이 먹는 걸 잊고 당연히 나에게 에어팟이 있을 뿐만 아니라 그걸 언제, 어디서, 어떻게, 왜 샀는지 육하원칙에 입각해 신나게 떠들었다. 그거로도 부족해 사고 나서 어떤 점이 달라졌는지를 읊었다. 하지만 언니가 궁금했던 건 따로 있었다. 에어팟 2세대 정가가 도대체 얼마냐는 것. 에어팟 1세대 소유주로서 에어팟 2세대 가격은 전혀 모르지만 서비스직 종사자의 습관을 발휘해 곧바로 애플 홈페이지에 들어갔다. 알아본 바로는 24만 9천 원이었다.

"언니, 24만 9천 원이래. 무선 충전도 된다는데."

"그래? 그럼 19만 9천 원이면 싼 거야?"

질문에 답변하자마자 또다시 송곳 같은 질문이 돌아온다. 아무래도 이 언니는 나를 실시간 가격 비교봇 정도로 생각하는지도 모른다. 하지만 다른 사람도 아니고 나를 이렇게 신뢰해 주는 언니가 있다니. 선택받은 기쁨으로 떡볶이집에서 힘차게 쫄돌을 굴려본다. 오늘만큼은 내가 영등포의 쿠팡이라도 된 듯. 아무래도 에어팟은 정품 여부가 중요하니 네이버 최저가를 믿을 수는 없다고, 판매처가 어디냐고 물으니 대형 쇼핑몰 안에 입점한 애플 공인 숍이다.

고민 끝에 결론을 내렸다.

"그 정도면 싼 거 아냐?"

"그래? 하루 서른 개 한정이라는데, 다 팔렸겠지?"

이제 언니는 나에게 재고 문의를 하고 있다. 왜 에어팟의 모든 것을 물어보는지 모르겠지만 이야기를 들은 이상 궁금해서 도저히 라볶이를 집을 수가 없다. 결국 매장을 검색해 전화까지 하기에 이르렀다. 쓸데없이 쇼핑에서 극대화되는 공감 능력.

"감사합니다. ○○○○ 영등포점입니다."

"네, 뭐 하나 문의 좀 드리려구여."

"네, 고객님 말씀하세요."

"혹시 에어팟 2세대 할인 이벤트 다 끝났나여? 오늘 사러 가려고 하는데여."

"현재 기준으로는 수량 남아 있으세요."

"헉, 그럼 밥 먹고 가면 살 수 있을까여?"

"죄송하지만 재고 수량은 공개가 어려워서요."

"알겠습니다. 감사합니다!"

능숙하게 직원과 통화를 마친 후 외쳤다.

"언니! 있대!"

말하기 전부터 듣고 있었던 언니는 이미 웃음을 참지 못하고 있었다. 갑자기 라볶이 면발처럼 몸을 배배 꼬며 혹시 가는 도중에 다 팔리진 않을지 걱정하기 시작했다. 하지만 나는 흔들리지 않고, 전화해 보니까 직원 말투가 좀 심드렁한 게 뭔가 잘 안 팔리는 눈치였다는 고급 정보를 한 번 더 흘려주었다.

그러고는 처음보다 좀 더 국물이 밴 떡을 집어 들고 다시 식사를 했다. 시키지도 않은 쇼핑 문의를 해준 대가로 라볶이에 딱 하나밖에 안 들어 있다는 계란을 거의 다 먹는 호사를 누렸다. 남은 점심시간은 30분. 그러나 언니는 에어팟을 사러 가지 않았다. 아쉽지만 어쩔 수 없는 일이었다. 그렇게 나의 쇼핑 오지랖은 사그라드는 듯했다.

직장인이 된 후 유독 퇴근길에는 무의미한 일을 많이 한다. 사무실에서 유의미한 인간이 되려고 노력한 많은 순간을 비웃기라도 하듯. 그 무의미한 일과 중 하나는 11번가 베스트 훑기다. 딱히 살 옷도, 음식도, 생필품도 없으면서 오늘은 뭐가 제일 잘 팔렸나 보는 것. 그런 일에 시간을 낭비하는 것을 즐긴다. 가끔은 보물 같은 아이템을 발견하기도 한다.

미친,
오늘도
너무 잘 샀잖아

베스트를 훑으려면 11번가 메인을 지나쳐야 한다. 근데 이게 웬일. 벌써 내일이 또 11절이라고? 11절이라서 에어팟 2세대 할인 판매를 한다고? 이게 웬 떡이야? 이건 정말 쇼핑계의 초비상 사태가 아닐 수 없다. 할인 정보를 고이 캡처해 두고 출근하기만을 기다렸다. 대망의 다음 날, 언니가 출근하자마자 핸드폰을 들이밀었다. 애플 공인 판매점이었고, 어제보다 만 원 싼 가격이었다. 이천 개 한정이라는 오묘한 숫자는 내 마음에 화르르 불을 지폈다. 이제 타임딜까지는 한 시간도 남지 않았다.

30분 전.

고민하던 언니는 드디어 에어팟을 사기로 했다.

5분 전.

혹시 모를 사태에 대비해 나도 11번가를 띄워두었다. 업무 외적인 곳에서 발휘되는 발군의 책임감. 이제 전화만 안 온다면 무사히 살 수 있으리라.

1분 전.

아무도 시키지 않았지만 노파심에 함께 도전하기로 했다. 1초가 1분 같다. 아무리 눌러도 지금은 구매할 수 없다는 팝업만 뜰 뿐이다.

대망의 타임딜 오픈.

정적을 깨고 걸려오는 전화벨 소리. 하필 에어팟 언니 거다. 언니는 전화를 받는다.

1분 경과.

마치 지구상에 존재하는 마지막 우주인이라도 된 듯한 책임감을 안고 실시간으로 판매량을 체크한다. 삼백 개, 오백 개⋯ 아직 이천 개까지는 여유가 남아 있다.

5분 경과.

수량이 얼마 남지 않았는데 에어팟 언니의 전화가 도무지 끝날 기미가 안 보인다. 어쩌지.

6분 경과.

대리구매를 결심한다. 오랜 11번가 VVIP 생활로 남은 것은 얼굴 인식 결제뿐. 바로 구매하기를 누르고 얼굴만 갖다 대면 결제가 완료된다. 온 세상이 도와주는 쇼핑왕의 길.

12분 경과.

10분간의 전화 통화를 마치고 파김치가 된 에어팟 언니는 실패했다는 소식을 전한다. 의미심장한 미소를 지으며 11번가 구매 내역을 보여준다. 잠시 상황을 파악하더니 깜짝 놀라 외친다.

"뭐? 결제까지 했다고?"

"응, 언니. 우리 18만 9천 원짜리 우정이잖아."

사실 나조차도 왜 대신 결제까지 하는 기행을 벌였는 지는 이해되지 않지만 아무래도 믿음 때문인 것 같다. 에어팟 2세대의 정가를 애플 코리아 공식 사이트가 아닌 쇼핑왕 동생에게 물어보는 순수한 모습 또는 할인 수량이 남아 있을지 다년간의 쇼핑 경험을 바탕으로 내가 대신 판단해 주길 바라는 간절한 모습 같은 것들 말이다. 이렇게 나를 철석같이 믿지 않고서야 어떻게 진지하게 물어볼 수 있다는 말인가! 나는 비로소 자타공인 쇼핑왕의 무게를 느끼며 왕관 무게만큼의 책임감을 느껴야 한다는 깨달음을 얻었다.

내 아이디로 산 탓에 배송 추적도 하지 못할 에어팟 언니를 떠올리며, 퇴근 후에 11번가 배송 내역을 캡처해서 보내주었다. 본격 인공지능 쇼핑봇 서비스. 구매도 배송 추적도 대신해 주는 이 시대의 쇼핑 오지라퍼. 언니의 에어팟 케이스 취향을 분석하는 한편, 쇳가루 스티커에 대한 정보도 잊지 않고 흘려주었다. 다음 날 야근을 마치고 집으로 돌아간 언니는 에어팟 사진에 하트를 찍어 수줍은 쇼핑 후기를 전해왔다. 밤 열한 시가 훌쩍 넘어 퇴근한 언니는 역시 돈만이 위로가 된다며 고맙다는 말을 전했다.

하지만 에어팟 쇼핑은 이제부터 시작이다. 미리 알아둔 케이스 취향을 바탕으로 좋아할 만한 케이스 URL을 보내고, 그마저도 마음에 안 들 경우를 대비해 검색 팁도 알려주었다. 쉴 새 없이 진행되는 쇼핑 컨설팅에 나의 첫 고객은 대만족을 표시했다. 소중한 에어팟이 다치지 않도록, 최대한 빨리 결제해야 금방 배송된다는 소비자의 불안감을 조장하는 악마 같은 말도 덧붙였다. 그렇게 나는 엉터리 퍼스널 쇼퍼로서 첫발을 뗐다.

언니의 에어팟을 1호로, 컨설팅 대상은 점점 늘어나는 중이다. 옆자리 언니는 올해 여름부터 장기근속 수당을 타는 나의 장기근속 타령에 힘입어 홀린 듯 함께 고가의 슬리퍼를 샀다. 곧 생일을 맞는 십오 년 지기 동네 친구는 내 앞에서 선물로 고를 게 없다는 망언을 한 뒤 수많은 (생일선물) 이상형 월드컵을 거쳐야만 했다. 결국 친구는 나와 함께 올리브영에서 인생 에센스를 찾았다. 에센스를 손등에 떨어뜨리자 친구의 얼굴은 마치 난생처음 비를 맞는 꽃처럼 활짝 피었다.

미친,
오늘도
너무 잘 샀잖아

쇼핑왕이 되려는 자, 그 무게를 견뎌라. 나는 아무도 시키지 않은 자발적 퍼스널 쇼퍼의 삶을 산다. 오늘도 넘치는 오지랖으로 쇼핑 새싹들을 구원하는 쇼핑왕이 되는 꿈을 꾼다.

대리니까 대리코트!

- 매일 같은 쇼핑에도 명분이 필요하다 -

얼마 전 대리가 되었다. 나란 주임, 대리가 되려면 반년은 더 묵어야 하는데. 반갑지만 다소 날벼락 같은 승진이었다. 대리 승진 소식이 있다는 블라인드발 괴소문은 다음 날 출근하니 사실로 밝혀졌다. 분명 어제 퇴근할 때만 해도 둘도 없는 주임이었는데, 뜬금없이 회사가 좀 있으면 너희들 대리 시켜주겠노라 했다.

음, 좋은 건가? 승진 경험 전무. 머리에 피도 안 마른 주임으로서 그다지 감이 오질 않았다. 그래서 대리가 되면 월급이 얼마나 오르는지 체크했다. 오오. 그리 큰 금액은 아니지만 오르긴 한다. 시간외수당도 기본급에서 뻥튀기

되니 이것 참 좋은 일 아닌가! 옆자리 언니와 퇴근길에 백화점에 들러 바로 핸드메이드 코트를 물색했다.

내가 원하는 것은 요즘 유행에 맞게 적당히 길면서도 움직임에는 지장이 없는, 색상은 튀지 않으면서도 눈에 띄는 그런 역설적인 핸드메이드 코트였다. 모름지기 대리라면 결이 부드럽고 고급스러운 코트를 자연스레 입는 어른스러움이 있어야 할 것 같았다. 그러나 그런 코트는 쉽게 나타나지 않았다.

네이비나 블랙은 재미없고 와인이나 레드, 브라운은 안 어울린다. 서서히 지쳐갈 때쯤 옆자리 대리 언니의 매서운 눈썰미로 코트 하나를 찾아냈다. 색상은 오묘한 청록 빛이 감돌았고 소매에는 버클이 있었으며, 무려 투버튼이었다. 코트에 원버튼은 외롭고 노버튼은 극혐이다. 역시 대리가 되면 대리에게 어울릴 만한 코트를 고르는 안목이 생기는 건가?

투버튼에 대해 좀 더 이야기하자면, 코트는 외투 중에서도 최전방에 속하기에 잠글 수 있어야 한다고 생각한다. 잠글 수 있는데 안 잠그는 것과 단추가 없어서 못 잠그는 것은 너무나 다르기에 투버튼을 선호한다. 결론은 이 코트는 투버튼. 주머니 위치도 너무 높지도 낮지도 않아 대만족이다. 길이도 운명처럼 적당히 시크하게 길어서 종아리 절반 정도를 덮는다.

그때 바로 직감했다. 이것은 바로 대리코트. 나는 이걸 꼭 사야 한다. 모름지기 대리라면 늘 입던 블랙, 네이비, 그레이 등 무난한 컬러를 벗어나 청록색에도 도전해야 한다. 그것이 부의 상징. 기본 컬러가 아닌 제2의 컬러에도 내 지갑은 문제없다는 암묵적 표현. 아아 꿈의 대리 생활. 상상의 나래를 펼치던 나는 바로 구매를 결정했다.

"언니 이거 새것 있어여?"

없으면 안 사려고 했는데 새 상품도 있고 심지어 스팀다리미로 펴주기까지 한다고? 아니 이 사람들? 내가 대리된 걸 설마 아는 건가? 그렇지만 일단 가격이 중요하다. 가격이 얼마지? 39만 9천 원? 흠, 나는 올해의 애석한 통장주인 톱 10 중 한 명으로서 매장에서 입어보고 품번 검색으로 인터넷 최저가 구매를 즐기는 진상 손님이지만 이 코트만큼은 그럴 수가 없었다.

왜냐하면 인터넷에 전혀 나오지 않았다. 딱 하나 나왔는데 이미 품절. 품절이라는 단어는 인간을 몹시 조급하게 한다. 그렇지만 39만 9천 원은 40만 원이고 그건 너무 센데. 조심스레 매장 언니와 딜을 시도해 본다. 신상이라 할인은 더 안 된다나. 월급을 키만큼 받는 까닭에 (참고로 나는 아주 평균적인 키의 여성이다) 없어 보이게 깎고 또 깎아서 34만 원까지 왔다.

"언니, 많이 빼주신 건 아는데. 진짜 미안한데 이벤트 더 없어여?"

앱만 설치하면 되는 롯데백화점 구매 금액별 사은 행사가 있다고 한다. 아니 이 언니가? 그걸 왜 이제 말해여? 제일 중요한데. 서둘러 설치한다. 일정 금액 이상 구매하면 상품권을 환급해 주는, 잊을 만하면 하는 좋은 이벤트. 대리코트는 34만 원이니까 (20만 원 이상 구매한 사람에게 주는) 만 원 상품권을 받을 수 있다고.

그러면서 먼저 결제하면 다려놓을 테니까 9층 사은 행사장에 갔다 오라고 한다. 어느새 홀린 듯 결제했다. 34에서 상품권 1 빼면 33. 대리코트지만 구매 시점에는 아직 주임이니까 쿨하게 삼 개월 할부. 월 11만 원에 득템한 꿈의 대리 생활. 아니 이거 완전 거저네 하고 사은 행사장으로 향하는데 내 앞에 최애 옷가게 나무그림이 나타났다.

나무그림의 옷은 대개 비싸다. 하지만 비싼 것들은 유니크하고 재고가 빨리 빠지기 때문에 신속한 결정이 필요하다. 아니 사은 행사장에 가려고 했는데 어쩐지 나무그림에 들어와 있다. 그 와중에 머릿속을 스쳐 가는 구매 사은 이벤트. 34만 원어치 샀는데. 6만 원어치만 더 사면 40만 원 이상이라 2만 원 상품권을 받는데?

정신없이 사은 행사의 제물을 찾던 도중 심각하게 유니크하고 색상이 내 스타일인 니트를 발견했다. 파란 실과 보라 실이 알맞게 엮인 듯한 흔치 않은 파란색 니트. 특히 사자 패턴이 눈에 띄었는데 갈기가 입체적으로 표현되어 있었다. 심지어 사자 꼬리도 니트실로 꼬아 구현해 놓다니. 나무그림 언니와 귀여워서 치를 떨었다.

아! 이것은 바로 주임니트? 조금 유아틱하지만 너무 귀염뽀짝. 한동안 정든 주임이라는 직명을 보내주기에 너무나도 좋은 니트였다.

"언니 이거 새것 있어여?"

오늘의 두 번째 새것 타령. 애석하게도 새것은 없었다. 아니 근데 이게 마지막 물량이라고?

"언니 그럼 이거 좀 킵해주세여."

미친,
오늘도
너무 잘 샀잖아

주임니트의 가격은 4만 9천 원이다. 6만 원에서 거의 만 원 모자란다. 흔들리는 내 동공을 봤는지 나무그림 언니가 또다시 접근한다. "고객님 금액 맞추시려면 저렴한 기본 니트는 어떠세요?" 정말이지 나무그림 언니는 구구절절 옳은 말만 하시는군요!

그렇게 검은색 기본 니트와 귀염뽀짝 주임니트를 구매해 40만 원을 채운 나는 9층 사은 행사장에 예상보다 늦게 도착했지만 상품권 2만 원을 받았다. 그리고 다시 대리코트를 찾으러 갔다. 금방 오겠다 해놓고 함흥차사인 주인을 기다렸을 대리코트가 어느새 포장되어 있다. 코트와 니트를 들고 식품관에 들른다. 상품권 2만 원 받았으니 빵도 한 점 사야지.

그날, 당연히 상품권을 쓰지는 않았다. 통장 잔고에 대한 상상력이 풍부한 나. 돌아오는 길에는 마치 면세점에 출몰한 요우커라도 된 듯 혼자만 손이 주렁주렁했고 마음도 그만큼 풍족했다. 주임으로서 고생했다는 의미의 주임니트와 앞으로 열심히 하자는 의미의 대리코트와 함께였으니. 오늘도 참 군더더기 없이 살았구나!

승진은 생각보다 신나는 일이었다. 비단 코트에만 해

당하는 게 아니다. 대리패딩, 대리조끼, 대리신발 등 다양
한 아이템에 적용할 수 있다. 매일 같은 쇼핑에 명분이 필
요할 때, 승진을 이용해 보자.

을지로는 호락호락한가

- 을지로 새내기, 을지로 가다 -

얼마 전 토요일은 특별한 날이었던 게 분명하다. 첫 번째는 요새 힙하다는 을지로에 방문했기 때문이고, 두 번째는 동네 친구와 비동네 친구를 한꺼번에 만나는 날이었기 때문이다. 나에게는 동네 친구가 두 명 있는데 각각 우리 집에서 북쪽과 남쪽으로 도보 10분 거리에 살고 있다. 이번에 만난 친구는 남쪽 친구였다. 동네 친구라면 선약보다는 번개가 짜릿하다는 불나방 같은 생각으로 남쪽 친구를 놓치기를 여러 번. 같은 학년 선생님들과 회식이 있어서, 선약이 있어서, 거문고 레슨이 있어서 등 친구에게는 나보다더 중요한 일이 너무 많은 것 같았다.

그러나 그날 하루만큼은 동네 친구에게 나는 같은 학년 선생님들보다도, 거문고보다도 중요할 것이 분명했기에 아침부터 설렜다. 동네 친구가 참석만으로 설레게 한다면 비동네 친구에게는 참석 그 이상의 것이 있었다. 고등학교 졸업 후 안타깝게 이사를 가버린 친구는 비동네 친구가 된 이후 꾸준히 동네 밖의 맛집 정보를 어미 새처럼 물어다 나르곤 했다. 동네 친구와는 걸어서 10분 거리에서만 술을 마시는 나지만, 이번에는 비동네 친구의 추천으로 을지로 어딘가의 루프탑 바에 가기로 했다. 집에서 을지로는 절대 걸어서 갈 수 없는 거리다. 평소라면 전혀 가지 않을 코스였기에 떨리는 마음으로 의상 선택에 신중을 기했다.

서른이 되고 나서 자주 챙기게 된 것은 음주 전의 배 속 상태다. 루프탑 바에는 가고 싶지만 공복으로 갈 수는 없었던 우리는 유명 티브이 프로그램에 나왔다는 감자탕집에 가서 먼저 밥을 먹기로 했다. 루프탑 바와 감자탕은 와인과 소주만큼 이질적인 조합이었고 을지로에 있다는 것만이 유일한 공통점이었다. 어렵사리 찾아간 감자탕집을 들어갔을 때는 손님으로 북적이는 것 같았지만 알고 보니 그런 척하고 있었다는 걸 오래지 않아 깨달았다. 손님이 없는 테이블이 두 개나 되었지만, 말끔하게 치워진 곳은 없었다. 밑반찬 김치 통이 우리가 앉은 손님용 테이블에 당당하게 자리를 차지하는 요지경 같은 곳이었다.

조금 당황스러웠지만 을지로에 처음 와본 티가 날까 봐 괜찮은 척했다. 그 이후로도 이모님은 바쁘다는 말을 연발하며, 술만 주고 술잔을 안 준다든가 감자탕만 주고 같이 시킨 밥을 빼먹는다든가 하는 일을 반복했다. 우리는 아버지를 아버지라 부르지 못했던 홍길동처럼 술을 마시고 싶을 때 마실 수 없으며, 밥을 말아 먹고 싶을 때 말 수 없는 것이 얼마나 슬픈 일인지를 을지로의 한 감자탕집에서 절절히 깨달았다. 을지로에서는 술잔도 셀프냐고 몰래 속삭이다가 결국 술잔을 직접 가져올 수밖에 없었다. 우리가 나갈 때까지 한 테이블은 계속 비어 있었는데 이전 손님이 먹고 남긴 감자탕이 마치 유물처럼 전시되어 있었다. 음식점 주인과 손님 간의 사회적 합의 따위 온데간데없는 을지로의 감자탕집.

우리는 범상치 않은 감자탕집을 뒤로하고 루프탑 바로 향했다. 비동네 친구는 미리 전화해야 한다고 호들갑을 떨었다. 을지로 새내기인 나와 동네 친구는 일찍부터 저녁을 먹은 마당에 전화 예약을 한다는 게 조금 의아했지만 가만히 있었다. 우리 목적지는 네이버 검색에 따르면 '가성비가 흘러내리는 좋은 곳이지만 알려지지 않은', 말 그대로 완벽한 술집이었다. 그러나 을지로의 루프탑 바도 감자탕집만큼 쉽지 않은 곳이었다. 황량한 거리의 어느 건물 5층에 있었기 때문이다. 하지만 5시부터 감자탕을 먹은 덕에 5층까지 계단을 오르고도 남들이 저녁 먹을 시간에 루프탑 바에 도착했다.

애석하게도 야경이 멋지다는 루프탑 바 위로는 해가 쨍쨍했다. 우리는 벌건 대낮에 낮술을 하는 기분으로 샴페인을 시켰다. 샴페인이 나오기를 기다리며 인증 사진을 찍었지만 너무 밝아서 주변이 동네 공원 이상으로 보이지 않았다. 과연 을지로는 호락호락하지 않은 곳이었다. 루프탑 바는 해가 지고 방문해야 한다는 교훈을 얻었다. 서른은 샴페인을 안주 없이 홀짝이는 나이라는 대화를 안주로 한 병을 비웠다. 그리고 하나도 취하지 않았다는 생각에 서둘러 안주와 와인을 주문했다.

어엿한 서른이지만 와인을 시킬 때는 왜 이렇게 떨리는지. 특히 고르고 골라 어려운 이름을 두 번 정도 내뱉어

본 와인이 품절되었다는 말을 들으면 더 떨린다. 안주로는 인스타그램에 인증 사진이 넘쳐나는 치즈 플래터를 먹고 싶었지만 그 안주는 굉장히 오래 걸린다는 말에 마음을 접어야만 했다. 아아, 멀고도 험한 힙스터의 길이다. 우리는 눈만 조금 크게 뜬 채로 당황하지 않은 척 와인 추천을 받고, 리코타 치즈 안주를 고른 후 안도의 한숨을 내쉬었다.

오래 걸린다는 치즈 플래터를 피해서 시킨 리코타 치즈는 30분이 걸렸다. 우리는 와인을 마시는 건지 안주를 마시는 건지 모를 속도로 안주를 집어삼켰다. 아무래도 깡 샴페인이 익숙지 않았던 모양. 안주를 금방 먹어치운 우리는 미련을 버리지 못하고 치즈 플래터를 주문했다. 치즈 플래터는 30분이 걸렸다. 왠지 조금 속은 기분이었다. 다 먹어갈 때쯤, 비동네 친구가 분주해졌다. 어느덧 3차 장소를 물색하고 있었다. 을지로의 술집들은 전화 예약이 필수라며 여기저기 전화를 걸었다. 이름 모를 선술집의 웨이팅 리스트에 이름을 올린 후 루프탑 바를 나섰다.

을지로에서 취하는 것은 정말 쉽지 않은 일이었다. 하지만 오늘은 거하게 취하고 싶다면서 감자탕으로 배를 채운 내가 조금 촌스럽게 느껴졌다. 어쨌든 와인 몇 병을 마

셔도 취하지 않았기 때문에 우리는 꼭 3차에 가야 했다. 이름 모를 선술집으로 가는 도중에 범상치 않은 이름의 술집을 발견했는데 '○○○과 사물들'이라는 곳이었다. 힙스러운 이름에 홀린 나머지 술집을 예약한 사실도 잊고 가파른 계단을 올랐다. 을지로에서 취하지 않는 이유는 계단을 타면서 자연스레 운동량이 늘어서일 수도 있다. 을지로의 힙한 술집은 왜 다 가파른 계단을 타야만 하는가.

우리는 '○○○'도 '사물들'도 아니었기에 차갑게 외면당했다. 손님은 왕이라는 대형 프랜차이즈 음식점에서 제공하는 서비스에 익숙해져 있던 나는 다시 이곳이 을지로라는 점을 깨달아야만 했다. 주인장이 알아봐 주기를 소심하게 5분 정도 기다렸지만 대실패였다. 을지로에서 손님은 왕이 아니었다. 마감 시간이 다가온 주인장이 왕이었을 뿐. 평소 칼퇴근을 즐기는 나로서는 납득할 수밖에 없는 이유였다. 우리는 허전한 마음으로 다시 이름 모를 술집으로 향했지만 토요일 밤 을지로의 손님들은 우리처럼 집에 갈 생각이 없었다. 을지로의 이름 모를 술집 또한 우리에게 쉽게 자리를 내어주지 않았다.

하지만 옆에서 계속 예약 전화를 해대는 비동네 친구

가 있었기에, 여차여차해서 머리를 조심해야 한다는 술집에 갈 수 있었다. 셋이 아니라 혼자 걸으면 납치를 당해도 이상하지 않을 스산한 거리에 술집이 있는 건물이 있었는데 이상하게 쪽문밖에 없었다. 그래서 들어갈 때 머리를 조심해야 하는 술집이라고 했다. 우리 앞의 손님들도 인증 사진을 찍는 데 여념이 없었다. 하지만 얼른 취해야 하는 서른 살의 우리는 급하게 쪽문을 넘었다. 사진 찍을 시간을 아껴 술을 마셔야 했기 때문이다. 하필이면 이 술집도 5층에 있어서 계단을 타며 점점 맨정신이 되어갔다.

을지로는 힙스럽지 않은 우리가 힙한 곳을 찾아 헤매듯 얼른하게 취하고 싶을 때마다 술이 깨는 곳이었다. 우리는 와인을 마시는 직장인 병에 걸린 나머지 또 와인을 시켰다. 나는 최근에 출간 계약을 했다고 고백했다. 동네 친구와 비동네 친구는 둘이 짜기라도 한 듯 비명을 질렀다. 동네 친구는 당장 케이크를 사서 축하 파티를 해야 한다고 했고, 비동네 친구는 미친 거 아니냐며 을지로의 술집을 찾을 때보다 열 배는 더 호들갑을 떨었다. 너무 나댄 탓인지 술이 더 깨버린 우리는 막차 시간 때문에 들어간 지 한 시간도 되지 않아 누구보다 조심스럽게 머리를 주의

하며 전혀 취하지 않은 모양새로 쪽문을 나와야만 했다.

3차 술값을 내고도 성에 안 찼는지 파티하자고 소리를 지르는 동네 친구 때문에 을지로입구 지하상가 연결 통로에서 잠시 고민에 빠졌다. 마침 집이 비었다는 비동네 친구의 말에 실수로 집에 가는 5호선 막차를 놓치고 말았다. 술에 취하기 여간 어려운 게 아닌 을지로를 벗어나, 비동네 친구의 동네인 사당동으로 향했다. 서른이지만 부모님에게는 아기나 다름없는 우리는 각자 전화와 카톡으로 외박을 허락받았다. 지나치게 정직한 비동네 친구 덕분에 나의 기쁜 소식은 친구의 아버님에게까지 전해졌고, 아버님은 자신의 카드를 써도 좋다는 말로 축하의 정점을 찍었다.

아아, 기쁜 일이 있을 때 함께 기뻐해 주는 것이 진정한 친구라고 했던가. 난데없는 파티와 성대한 축복에 몸 둘 바를 모를 지경이었다. 마침 들고나온 가방 안에는 운명처럼 여행용 칫솔이 있었다. 축하 파티와 외박 기념으로 칫솔이 없다는 동네 친구에게 지에스25에서 제일 비싸고 심미적인 빙그레 메로나 칫솔을 쾌척했다. 물론 나머지 소주와 맥주, 토닉워터, 썬칩 갈릭바게트맛 등등은 친구 아버님의 카드로 해결했다.

사당동 친구의 집은 만석도 아니었고 웨이팅 리스트에 이름을 올릴 필요도 없었다. 주인에게 외면당할 위험도 없었다. 땀범벅이 된 몸을 씻고 뽀송한 새 잠옷으로 갈아입을 수도 있었으며, 크게 노래를 틀고 고등학교 졸업 앨범을 펴볼 수도 있었다. 우리는 그제야 비로소 호락호락하지 않은 을지로를 겨우 잊고, 술을 먹는 둥 마는 둥 하다가 전혀 취하지 않은 채로 수다를 떨다 잠이 들었다.

KTX 특실 와플과 짬뽕 오징어
- 사랑을 표현하는 당신만의 방식이 있나요 -

지금도 그러는지는 모르겠지만, 예전에는 KTX 특실을 타면 버터와플 한 봉지와 여타 다른 간식을 주었다. 내가 중고등학생 때 이야기니 아마 족히 십 년은 되었을 것이다. 혹시 중고등학생 때부터 KTX 특실을 타고 다닌 거냐 묻는다면 당연히 아니다. 특실을 탄 건 내가 아니라 아빠다.

아빠가 대기업 샐러리맨으로 삼십 년 이상 일하고 퇴직한 지도 어느덧 오 년 이상 흘렀다. 사실 아빠가 회사에 다닐 때 기억이 잘 나지 않는다. 그도 그럴 것이 아빠는 늘 바빴고, 그래서 집에 잘 있지 않았다. 심지어 경상도 남자라 집에 있어도 말이 거의 없었다. 여하튼 출장을 자주 다

넀고 기차를 타면 꼭 챙겨 오는 것이 있었다.

바로 버터와플 한 봉지. 탁자에 놓인 버터와플을 보면 나는 반갑게 "아빠! 언제 출장 갔다 왔어?" 하고 물으며 바로 버터와플을 우걱우걱 씹어댔다. 그제야 아빠는 날 주려고 챙겨 왔다고 자랑스레 말하곤 했다. 자주 사 먹지는 않았지만, 버터와플은 집 앞 슈퍼에만 가도 흔히 살 수 있는 과자였다. 그런데 왜 특실 와플은 그렇게 맛있었는지 모르겠다.

아마도 평소 무심하고 말도 없는 아빠가 자랑스레 날 위해 챙겨 왔다고 말하는 모습이 좋았던 것 같다. 몇 없는 학창 시절 아빠와의 추억을 떠올렸을 때 가장 먼저 버터와플이 생각나는 걸 보면. 그러고 보니 비슷한 장면이 또 있다. 바로 중국 음식을 시켜 먹을 때다. 나는 늘 짜장면이고 아빠는 늘 짬뽕이었다. 그리고 아빠는 음식이 도착하면 가장 먼저 짬뽕 속 오징어를 골라내곤 했다. 내가 오징어 킬러기 때문이다.

아빠가 오징어를 주면 나는 쏙쏙 잘도 받아먹으며 "아빠는 오징어 안 먹어도 돼?"라고 물었지만, 당연히 아빠보고 먹으란 뜻은 아니었다. 아빠는 그런 내 마음을 알았는지 항상 "응, 아빠는 오징어 별로야"라고 말하곤 했다. 그래서 중국 음식이 좋았고 내가 짬뽕을 먹는 것보다는 아빠가 먹는 게 더 좋았다. 밀가루 음식을 좋아하는 나를 위해 인도 카레와 난을 맛보여 주겠다고 회사 근처 백화점에서 카레를 포장해 온 적도 많았다.

매일같이 안아주고 챙겨주며 사랑한다고 속삭이는 엄마와는 달리 집에 있는 시간도 많지 않고, 있어도 말 한두 마디 할까 말까 한 아빠는 좀 어려운 존재였다. 아빠의 관심을 끄는 일은 딱 한 가지였는데 그건 바로 시험이었다. 성적을 잘 받았다, 백 점을 맞았다 하면 아빠는 누구보다 기쁘게 웃었고 말도 많이 했다. 그래서 중간고사와 기말고사 준비에 큰 힘을 쏟았던 것 같다.

아빠가 추천한 교대가 아닌 다른 대학교 수시에 합격했을 때 일이다. 아빠는 수시에 합격해 버리면 더는 교대에 정시로 지원할 수 없다고 짜증을 냈다. 대학 합격은 축하받을 일인데, 아빠가 원하는 결과가 나오지 않아 속상하고 서운했던 기억이 생생하게 남아 있다. 그리고 얼마 지나지 않아 대학교 1학년이던 2009년도 봄, 아빠가 돌연 대학병원에 입원하게 되었다. 계속되는 감기와 기침으로 병

130

미친,
오늘도
너무 잘 샀잖아

원에 방문했는데 혈압이 매우 높으니 대학병원에 가보라 했다. 그 결과 당장 입원하라고 했단다.

공교롭게도 그 대학병원은 학교에서 걸음으로 10분 거리였고, 나는 교대에 떨어진 덕분에 매일같이 입원한 아빠를 보러 갈 수 있었다. 톡톡히 효도한 셈이었다. 교대 불합격의 서운함도 잠시, 병문안을 온 동료들에게 당당하게 나를 "우리 작은딸이야. 저기 바로 옆에 대학 다녀"라고 굳이 대학 이름까지 밝히는 주책맞은 아빠 모습에 매번 엄마와 나는 몰래 킥킥 웃어대었다.

튼튼했던 아빠에게 닥친 병은 '신부전증'이었고, 아빠는 그 사실을 받아들이기 힘들어했다. 건강이 악화해 취미로 종종 하던 목공도 접었다. 엄마는 집에서 40분 거리인 병원을 자주 오가며 아빠 곁을 지켰다. 나는 학교 도서관에서 《천룡팔부》, 《의천도룡기》 등 아빠가 좋아하는 무협지를 열 권씩 빌려다 나르는가 하면, 학교 명물인 마요네즈를 듬뿍 짠 참치김밥을 몇 팩 사서 병실에서 오손도손 나눠 먹기도 했다.

아빠는 신장 기능 저하로 노폐물이 잘 배출되지 않아 인공적으로 노폐물을 걸러주는 투석을 해야 했다. 그마저도 집에서 하는 복막투석에서 병원에 방문해야 하는 혈액투석으로 바꿔야 했다. 체력 소모가 심한 투석을 하면서도 아빠는 퇴직 후 같은 회사에서 계약직으로 이 년을 일했고 나중에야 그것이 우리 두 자매의 학비, 주택 대출금 상환 등 본인만이 짊어진 삶의 무게를 위해서였다는 것을 알았다. 다행히 몇 년 전 추석 때 신장을 이식받아 지금은 큰 문제 없이 지내고 있다.

철없는 나는 종종 아빠는 날 사랑하지 않는다고 푸념했다. 그런데 돌이켜 보니 날 사랑하는 것 같다. 다만 간지럽게 표현하지 않을 뿐. 어렸을 때는 고깃집에 가면 눈치 없이 배부를 때까지 고기를 먹어댔는데, 그때마다 고기를 구운 건 당연히 아빠였다. 게장을 먹을 때는 게딱지에 밥을 비벼 먹는 걸 제일 좋아했는데, 그걸 흔쾌히 내주고 흐뭇하게 보던 것도 아빠였다. 숨기다 숨기다 내 몸에 알 수 없는 종양이 있다고 고백했을 때 왜 진작 말하지 않았느냐고 눈물을 펑펑 흘려댄 것도 엄마가 아닌 아빠였다.

요즘은 고깃집에 가면 자연스레 내가 집게를 잡고, 집에 있는 아빠의 저녁 끼니를 위해 회사 근처 백화점 식품관에 간다. 얼마 전 '북촌손만두'에서 튀김만두를 포장했는데 아빠가 무척 좋아했다. 안 그래도 이 만두가 먹고 싶었는데 사무실에서 가기에 번거로울까 봐 참았다고. 그런데 이렇게 알고 사 오니 반갑다면서 그 큰 만두를 네 개나 먹었다. 그런 모습을 보면 괜히 돈을 많이 벌고 싶어진다.

이제는 아빠 마음을 알 것 같다. 신입 사원 때 마음에도 없는 말을 어색하게 둘러대며 겨우겨우 회식을 마치고 진이 빠져 돌아오는데 갑자기 이런 생각이 들었다. 우리 아빠는 이런 생활을 삼십 년을 한 건가. 그런 아빠 덕분에 부족함 없이 살았는데 나는 그걸 너무 당연하게 생각한 게 아닌가. 지하철역에서 집으로 걸어가는 그 10분 동안 삶이라는 게 너무 버겁게 느껴졌다.

얼마 전 아빠는 엄마에게 혼났다고 한다. 우리 집은 하늘보리와 삼다수를 일 대 일 비율로 타 먹는데, 삼다수를 타지 않고 하늘보리만 자꾸 마신다는 게 이유였다. 아빠는 툴툴대며 하늘보리가 그렇게 비싸냐고 물으며 자기는 얼음에 타 먹기에 그렇게 낭비는 아니라고 마지막 변론을 한다. 나는 그리 비싸지 않다고 그냥 마시라고 한다. 아빠는 기뻐하며 그럼 계속 지금처럼 마셔도 되느냐고 묻는다. 이제 돈 좀 번다고 별생각도 하지 않고 바로 그러라고, 내가 살 테니까 마음껏 마시라고 말한다.

아빠는 나를 사랑하고 나도 아빠를 사랑한다. 사랑한다고 말하지 않을 뿐 우리는 서로 사랑한다. 아빠가 버터 와플을 꼭 챙겨 왔던 것처럼, 짬뽕 속 오징어만 골라줬던 것처럼 나는 하늘보리 열두 병 정도는 껌값인 척 쿨하게 주문하고, 다가올 한파를 대비해 11번가에서 남성용 구스 점퍼를 구매한다.

누군가는 사랑은 말로 표현해야 안다고 말하지만, 꼭 그런 건 아닌 것 같다. 적어도 아빠와 나 사이에서는 말이다.

완벽한 식사의 조건

- 10분 컷 파스타와 외다리 수원왕갈비통닭 -

완벽한 식사란 무엇인가. 아무래도 음식에서 제일 중요한 건 맛이라고 할 수 있다. 하지만 아무리 맛있는 음식이라도 먹을 시간이 없다면? 그것참 말짱 황 아닌가. 오늘은 참 운수 좋은 날이었다. 모처럼 레스토랑에 가서 파스타와 피자와 리소토를 점심에 먹는 모험을 했는데 폭삭 망해버린 것이다. 주문한 시간은 정확히 12시 11분. 런치세트 버프로 수프, 샐러드, 콜라를 주문하고 몹시 들떴지만 30분이 지나도록 수프는커녕 콜라도 나오지 않았다.

배고픈 건 둘째치고 콜라나 수프처럼 간단한 음식조차 대접받지 못하자 설움이 밀려왔다. 30분을 기다리면서

"저기여 저희 수프 좀 먼저 주세여", "저희 콜라라도 먼저 주세여"라고 몇 번이나 비참하게 읍소했기 때문이다. 마침내 직원은 비장하게 콜라를 주면서 "수프랑 샐러드 바로 나와요" 하고 차갑게 돌아섰는데, 차가우면 내가 차갑지 왜 그 직원이 차가웠는지 모를 일이었다. 결국 점심시간을 약 19분 남겨두고 파스타, 피자, 리소토의 향연이 벌어졌지만 백화점 8층에서 사무실로 제시간에 돌아가기 위해 우리는 막무가내로 음식을 욱여넣어야만 했다.

내가 기대한 파스타 점심은 이런 게 아니었는데. 남프랑스의 푸르른 잎사귀와 평화로운 새의 짹짹 지저귐은 없어도 꼭꼭 씹어 먹을 여유만큼은 있어야 하는 것 아닌가! 남은 피자 포장을 부탁하고 계산을 기다리는데 끝까지 아무도 계산하러 와주지 않은 데서 내 뚝배기는 그만 깨져버렸다. 우리도 손님인데… 바쁜 건 알겠지만 우리 좀 봐주라…. 테이블을 닦던 직원은 계산대에 멀뚱히 서 있는 우리를 보고도 테이블만 열심히 닦았다. 마치 테이블보다도 못한 존재가 된 것 같아 서러움이 복받쳤다.

결국 1시가 다 되어서야 계산할 수 있었는데 뜬금없이 직원이 파스타 쿠폰은 다음에 사용하시라며 오늘은 괜찮다는 게 아닌가! 오늘 너무 많이 기다려주셔서 미안하다나. 저기요, 미안하면 다예요? 이미 늦었다고요, 누가 보기라도 하면 우리 같은 쭈구리들은…. 게다가 우리를 투명 인간 취급하는 여기 다시 올 마음이 1도 없는데 또 쿠폰을 쓰라니? 저기 아무도 모르지만 이래 봬도 제가 씨제이원 VIP라고요,라는 말을 힘겹게 삼키며 계산을 하자마자 냅다 달려 5분 만에 사무실에 도착했다. 배 속 세상은 피자, 파스타, 리소토의 난입으로 이미 최악의 상태. 오늘 점심은 그렇게 망쳤다.

그렇다면 저녁은 어때야 할까. 이제부터는 완벽한 식사가 되어야만 한다. 한 번 실패는 해도 두 번 실패는 용납 못 해. 오늘 저녁은 맛도 좋고 여유로워야 한다. 점심을 망친 곳은 백화점 8층. 다행히도 이 백화점 지하에서는 며칠 전부터 수원왕갈비통닭을 팔고 있다. 지난주 금요일부터 먹고 싶었지만 탈이 나서 못 먹은 게 한이다. 수원왕갈비통닭을 사러 갔다. 혹시라도 품절되었을까 봐 전전긍긍했지만 다행히도 7시 넘어서까지 팔고 있었다. 옵션은 뼈통닭 또는 순살. 나는 평소에는 순살파지만 왠지 모를 기대감으로 완벽한 식사를 위해 뼈통닭을, 같이 간 회사 언니는 순살을 주문했다. 평소에는 뼈통닭파지만 오늘만큼은 순살을 주문하는 센스다. 정말이지 음식 취향이 단 한 번도 일치한 적 없는 언니다. 그래서 우리가 잘 맞는다니까. 순살은 10분 정도 기다려야 한다고 해서 내 통닭만 들고 옷이나 볼까 하고 에스컬레이터를 타는데 뒤에서 "고객니임, 고객니임" 하는 소리가 메아리처럼 들린다. 잘못 들었나? 갸우뚱하는 와중에 뒤에서 성큼성큼 수원왕갈비통닭 앞치마를 두른 직원이 나를 앞서간다. 급기야 에스컬레이터 내리는 곳 앞에서 막아선다. 내가 통닭한테 뭘 잘못했나?

알고 보니 고객님 소리는 환청이 아니었고, 게다가 그 고객은 바로 나였다! 나와 수원왕갈비통닭 쇼핑백을 번갈아 보며 뿌듯한 미소를 짓던 왕갈비 앞치마 님은 너무 미안하다는 듯이 어렵사리 한마디 고백해 낸다.

"저기, 고객님 방금… 뼈통닭 맞으시죠? 근데 저희 직원이 실수로 고객님 뼈통닭에 다리 하나를 못 넣었다고 해서요."

"네? 다… 다리가여? 아, 그럼 다시 넣어주시나여?"

"네! 고객님 여기서 잠시만 기다리시겠어요? 아니면 다시 잠깐 내려가 있으실래요?"

닭 다리 하나에도 청렴한 그 모습에 나도 모르게 크게 감동해 버려서 순살 언니의 통닭을 찾을 때 같이 찾기로 하고 아무런 의심 없이 통닭을 건네주었다. 10분 정도 S/S 시즌 신상 트렌치를 살펴보는데 불현듯 불안해졌다. 혹시… 치킨 강도는 아닐까? 수원왕갈비통닭 앞치마만 두르고 다리 하나 없다고 꾀어서 남의 통닭을 채어가는 이른바 통닭 서리꾼. 게다가 그 사람은 내 이름도 모르고 나에 대해서 아는 거라곤 다리 하나 없는 뼈통닭 하나 산 것뿐인데 내 얼굴을 잊어버리기라도 하면 어쩌지? 통닭 에이에스를 맡긴 그 짧은 시간 동안 나의 쓸데없는 망상으로 순살 언니 귀에는 피가 날 지경이었다.

몇 분 후 순살 언니에게 반가운 통닭 콜이 왔고 우리는 냅다 지하로 달려갔다. 수치스럽지만 매대 앞에서 나는 이 믿을 수 없는 상황을 설명해야 했다.

"저기, 제가 아까 뼈를 하나 샀는데 다리가 하나 없다고…. 다시 넣어주신다고 가져가셨는데여."

혹시라도 이게 통닭 몰래카메라는 아니겠지. 저희는 그런 적 없는데요라고 하면 내 통닭은, 내 저녁은? 웬일인지 통닭을 가져간 앞치마 님의 얼굴이 보이지 않았다. 제발, 제발 나와주세요. 통닭 강도가 아니기를. 다행히도 앞치마 님은 조금 바쁘던 것뿐이었다. 에스컬레이터에서 나를 찾았을 때보다 더 밝게 웃으며 이번엔 정말로 다리를 다 넣어놨다며 자신 있게 통닭을 건네주었다.

집에 오자마자 먹어보니 과연 맛이 있다. 다만 특별한 맛은 아니다. 간장치킨의 명가 호식이두마리치킨을 아는 자라면 몹시 익숙할 맛이다. 호식이보다는 좀 더 짜고 달콤하다. 여기서 깜짝 상식. 사실 나는 뼈 치킨을 시켜도 다리를 먹지 않는다. 교촌을 시켜도, 호식이를 시켜도 먹고 나면 다리 두 개만 달랑 남는 게 나의 해괴한 치킨 식습관. 어차피 수원왕갈비통닭의 다리 두 개는 모두 남았을 것이다. 하지만 다리를 먹지 않는 자는 다리 개수를 정확히 알 수 있는 법이다. 정확히 내 통닭의 두 다리가 잘 들어가 있음을 눈으로 확인한 저녁은 몹시 완벽했다.

오늘 저녁이 완벽한 이유는 수원왕갈비통닭이 뛰어나게 맛있어서도, 느긋하게 꼭꼭 씹어 먹을 시간이 있어서도 아니다. 음식을 파는 사람이 먹는 사람을 생각해 주는 그런 고마운 마음 때문이다. 어쩌면 점심에 우리가 듣고 싶었던 말은 음식을 준비하는 데 시간이 좀 걸린다는 양해의 한마디가 아니었을까. 솔직하게 말하고 상황을 설명했다면 본의 아니게 사용하지 못한 쿠폰을 쓰러 다시 가고 싶었을지도 모른다. 그런 의미에서 닭 다리를 먹지 않는 나에게 닭 다리 하나의 소중함을 몸소 일깨워 준 앞치마 님에게 깊은 감사를 표한다.

완벽한 식사를 위해서는 맛과 시간도 중요하지만 만드는 사람의 정성과 따뜻한 진심이 있어야 한다. 그래서 오늘은 완벽한 저녁을 먹었다는 기쁨을 더 만끽하고자 솜사탕 향 비누로 오랫동안 샤워했다.

술집계의 배산임수를 떠나보내던 날

- 동네 술집의 매력 -

첫 시작은 맥줏집 백스비어였다. 백종원이라는 셀럽 이름은 술집을 고를 때 큰 도움이 된다. 양꼬치와 소맥을 거나하게 먹고, 딱 한 잔만 더 하고 가자던 우리는 어느새 세 잔째 마시며 눈물을 흘리고 있었다. 맥주의 힘은 대단해서 자연스레 진심을 털어놓게 하거나 화장실을 연신 들락거리게 하는데, 하필이면 백스비어 화장실은 2층에 있었다. 형광물질이 가득한, 하얗고 거친 술집 휴지로 눈물을 닦다가 가파른 계단을 위태롭게 오르던 친구는 며칠 후 놀라운 소식을 전해왔다.

"야, 그 집 1층에도 화장실 있었어. 직원들이 우릴 얼마

미친,
오늘도
너무 잘 샀잖아

나 이상하게 생각했을까."

그 이후 한동안 음주의 매력에 빠져 지냈지만 갈수록 술집을 고르는 기준은 간단해졌다. 집에서 걸음으로 10분 거리에 있을 것. 대학생 때는 한 시간 거리에도 척척 약속을 잡아도 멀쩡했는데 회사를 다니고 나서는 집 근처가 아니면 절대 나가지 못하는 병에 걸렸기 때문이다. 백스비어는 버스를 타야 해서 탈락. 우리는 새로운 술집을 찾아야 했다. 그러나 도보 10분 거리의 우리 동네 상권은 어떠한가. 상권의 무덤이 있다면 이곳이 아닐까.

조촐한 지하철역 하나, 중학생 때부터 굳건히 자리를 지킨 롯데리아 하나, 나름 자랑이었던 맥도날드는 이곳이 상권의 무덤임을 증명하듯 돌연 사라져버렸다. 하지만 오래된 텍사스팜 술집이 투썸플레이스 카페로 바뀔 때, 나를 비롯한 동네 주민들은 투썸을 시작으로 카페 거리가 형성되기를 간절히 바랐다. 하지만 그들은 몰랐을 것이다. 몇 년 후에도 투썸보다 더 유명한 카페는 나타나지 않았고, 텍사스팜의 지독한 하수구 냄새와 어두컴컴한 분위기도 그대로라는 것을.

술 먹고 걸어서 귀가하겠다는 바람을 지키려면 지킬

수 있었다. 화석처럼 그 자리를 지키던 둘둘치킨이라든가 비어킹 같은 데를 가면 되었다. 하지만 우리가 원하는 곳은 백스비어처럼 깔끔하고, 젊은이도 많고, 터무니없이 안주가 비싸지 않은 '요즘 술집'이었다. 그러던 어느 날, 운명처럼 찾아온 술집이 있었다. 명랑핫도그를 먹다 우연히 발견한 곳이었다. 친구가 핫도그 막대로 맞은편 건물을 가리켰다. "저기 어때?" 건물 2층에 '동춘야시장'이라고 쓰여 있었다. 홀린 듯 그곳에 갔다. 우리는 술 마실 체력을 아끼기 위해 2층까지 엘리베이터를 탔다.

내리자마자 탄성이 흘러나왔다. 대박 사건! 동춘야시장 바로 옆에는 코인 노래방이 있었다. 풍수지리에 배산임수가 있었던가. 조상들은 산을 등지고 물을 바라볼 수 있는 곳을 집으로 골랐다. 우리는 지금 노래방을 등지고 술집을 바라보고 있었다. 동춘야시장은 술집계의 배산임수였다. 좋아, 모든 게 완벽해. 그곳은 끝까지 우리를 실망시키지 않았다. 맥주가 3천 원이었고 만 원을 넘기는 안주가 없었다. 미친 가격에 홀린 듯 젊은이들이 하나둘 모여들었다. 회사를 다니면서 변한 것은 약속 장소뿐만 아니라 가성비를 따지게 되었다는 점이다. 돈을 벌면 벌수록 점점 구질구질해지는 내 모습이 의아하다. 그러나 인정할 건 인정해야 한다.

한번 빠지면 모든 걸 알아내야만 하는 나는 동춘야시장의 뒤를 쫓았다. 나에게는 괴상한 취미가 하나 있는데 바로 배민 눈팅하기다. 모험 정신이라곤 1도 없어서 새로운 곳에서 시켜 먹지는 못하는 주제에 동네 맛집을 발굴하겠답시고 별점 4.8점 이상의 음식점은 일단 찜해놓고 본다. 동춘야시장을 배민에서 다시 본 것은 며칠 후였다. 배달삼겹 직구삼이라는 이름으로 삼겹살 배달을 하고 있었다. 저런 저런. 원 가게 투 잡을 하는 사장님의 마음을 생각하며 다음에는 꼭 9천 원대 안주를 시키겠다고 다짐했다.

5천 원짜리 안주만 시켜서였을까. 오늘도 한번 취해보자고 달려간 동춘야시장은 갑자기 우리 곁을 떠났다. 텅 빈 가게는 먼지만 가득했다. 사장님 주머니보다 우리네 주머니 사정만 생각했던, 기본 안주를 무한 리필해서 맥주를 마신 나날이 후회스럽게 스쳐 지나갔다. 지푸라기 잡는 심정으로 배민에 접속해 배달삼겹 직구삼을 찾았지만 '준비 중이에요'라는 회색 메시지만 확인할 수 있을 뿐이었다. 그러나 그날은 취해야만 하는 날이었고 우리는 포기하지 않았다. 그렇게 동춘야시장이 망한 모습을 확인한 날, 뒷골목에서 형배네포차를 만났다.

형배네포차는 이름이 요즘 술집답지는 않았지만 놀랍게도 모든 안주가 9천 900원이었다. 형배는 사장님 이름이었다. 주문하면 '주문자: 전형배'라는 이름의 주문서를 볼 수 있었기 때문이다. 포차 사장 전형배 씨는 요리를 아주 잘했고 동춘야시장에서는 구운 대롱과자를 기본 안주로 주는 반면, 이곳에서는 따뜻한 콘치즈와 계란프라이를 줬기에 우리는 쓰레기처럼 동춘야시장을 잊고 말았다. 오히려 동춘야시장이 망하지 않았다면 이런 보석 같은 술집을 모르고 살아가지 않았겠느냐며 동춘 사장님이 들으면 마음이 북북 찢어질 법한 말까지 내뱉었다. 전화위복이라는 사자성어가 마음속 깊이 소맥처럼 찰랑이고 있었다.

형배네포차의 베스트 메뉴는 얼큰한 엄마손 닭볶음탕이다. 9천 900원이지만 밥도 볶아야 하기 때문에 1만 1천 900원이라고 생각하는 편이 좋다. 유의할 점은 닭볶음탕을 먹으면 배가 불러서 다른 안주는 그 어떤 것도 먹을 수 없다는 점이다. 그다음으로는 추억의 주전자 꼬치어묵을 추천한다. 주전자에 담긴 여덟 개의 꼬치어묵은 밥 한 숟

갈이라도 더 먹이려는 엄마의 마음을 떠올리게 한다. 게다가 국물마저 훌륭하다. 이제까지 무에만 의존했던, 물 탄 어묵탕은 모두 꿈이었다고 말할 법한 맛이다. 3차로 갔다면 반합 라면을 추천한다. 반합 라면은 무려 3천 원이다. 만약 맥주를 딱 한 잔씩만 한다면 깔끔하게 만 원에 3차를 끝낼 수 있다.

우리 동네 도보 10분 거리에는 스타벅스도, 커피빈도, 맥도날드도 없지만 형배네포차가 있다. 누군가 동네 맛집을 물어오면 나는 자신 있게 형배네포차를 말한다. 마음속에서 형배네포차는 술집계의 스타벅스나 다름없이 핫하고 힙하다. 나는 어제도 형배네포차에 갔고, 추울 것 같아 오랜만에 꺼내 입은 재킷에서 일 년 된 동춘야시장 영수증을 발견했다. 역시 일 년 전이나 지금이나 한결같은 내가 참 자랑스럽다. 난 어제도 한결같이 소맥이었고, 집에 올 때 걸어올 수 있어 퍽 만족스러웠다. 당분간 동네 술집의 매력에서 벗어나기는 힘들 것 같다.

중고나라, 이 시대의 긴하진순들을 위한 특효약

- 4만 원에 득템한 인생 교훈 -

아무런 의심 없이 상대방을 덥석 믿어버리는 사람들을 치료하라는 미션을 받는다면 나는 고민할 여지 없이 중고나라 자유 이용권을 처방할 것이다. 중고나라는 네이버 카페 중 하나로, 간단히 말하면 중고 물품을 사고파는 인터넷 장터다. 그러나 이 시대의 긴하진순(거꾸로 발음해 보자)들에게 중고나라란 그 어떤 안전장치도 없는 롤러코스터와 다름없다. 구매자의 절박한 마음을 이용해 한탕 해보려는 자들이 널려 있기 때문이다. 자칫 방심했다가는 통장이 뿌리째 뽑힐 수 있다. 하지만 경험에 비춰 볼 때, 통장 잔고보다는 세상을 믿고, 사람을 믿고, 내일의 행복을 자신했던 순수한 마음이 먼저 산산조각 나버린다.

전 남친을 구글링하던 어느 새벽이었다. 그날 밤은 왠지 모르게 몹시 화가 났다. 나는 미련의 병자처럼 그의 아이디를 구질구질하게 검색하는데, 놀랍게도 그는 태연하게 중고나라에서 커피머신을 팔고 있었다. 이럴 수가. 얘는 헤어진 지 며칠 되었다고 벌써 일상생활이 가능한 거야? 난 이렇게 슬픈데. 치욕스러웠다. 일면식도 없는 커피머신을 부숴버리고 싶은 마음을 간신히 진정시키고 겨우 컴퓨터를 껐다. 미개봉 새 제품이라는 그 기계가 돌연 고장 나길 바라며. 어쨌든 나는 전 남친의 판매 행위를 통해 두 가지 사실을 알 수 있었는데 '그는 정말로 이제 더 이상 나를 좋아하지 않는다'와 '실제로 중고나라에서 거래하는 사람이 있다'였다.

첫 번째 사실은 차이는 그 순간부터 잘 알고 있었기에 그리 큰 충격은 아니었다. 그러나 (나를 차기 전까지는) 큰 도덕적 문제가 없어 보였던 전 남친이 사실은 중고나라 판매자라는 것은 중고나라에 대한 신뢰도를 높이는 데 일조했다. 그래, 중고나라에는 사기꾼만 있는 게 아니었어! 그래서였을까. 나는 그만 중고나라를 쉽게 생각하고 말았다. 당시 내가 애타게 찾던 물건은 '소니엔젤'이었다. 소니엔젤은 과일 모양 머리냐 동물 모양 머리냐에 따라 시리즈가 구별되는 아기 얼굴을 한 피규어다. 귀여운 얼굴로 승부를 보겠다는 것인지 옷은 전혀 입고 있지 않아서 중요 부위를 그대로 드러내는 것도 특징이라면 특징이었다.

소니엔젤은 사악하게도 모두 랜덤 구매만 가능하다. 캐릭터 업계에서는 지루한 상술이었지만 사람을 안달 나게 하는 데 뭔가 있었다. 과일 시리즈 중에서는 딸기를 뽑고 싶었지만 수박을 두 번, 밤과 서양배를 한 번 뽑았다. 동물 시리즈는 양과 토끼 또는 쥐를 갖고 싶었지만 나를 반기는 건 공작새나 하마, 코뿔소와 같은 존재감 없는 친구들이었다. 그럴 때마다 '아니 이런 것도 있었어?' 하고 박스 곁에 있는 캐릭터 라인업을 다시 확인해야만 했다. 나에게 소니엔젤은 거금 6천 400원을 주고도 원하는 것을 가질 수 없다는, 세상은 뜻대로 안 된다는 진리를 알려주는 피규어였다.

그러나 나는 집요했고, 돈이 없었고, 시간은 많았기에 중고나라에 접속하게 되었다. 나 같은 똥손이 지나간 자리에 금손이 나타나는 것인지 딸기, 토끼, 쥐, 양 등 워너비 소니엔젤을 파는 사람들을 자주 만날 수 있었다. 다만 가격은 정가보다 비쌌다. 내가 뽑은 수박이나 공작새 같은 친구들은 헐값에 나와도 아무도 사 가지 않는 반면, 토끼 같은 인기템은 정가보다 1천 600원이나 비싼 8천 원에 나와도 잘만 팔렸다. 그것 또한 나 같은 사람 때문이었다. 나는 행운을 외주화해 원하는 종류의 소니엔젤을 '비'랜덤 구매하는 데 푹 빠졌다. 2천 500원씩 하는 배보다 큰 배꼽인 배송비를 아끼려면 800원짜리 우편으로 받으면 되었다.

그러나 우편은 배송 추적도 되지 않고, 적어도 일주일 이상은 기다려야 받을 수 있다는 치명적인 단점이 있었다. 배송 추적이 되지 않는 점을 이용해서 물건을 발송하지 않고 발송했다고 하는 판매자도 더러 있다고 들었다. 하지만 나는 수많은 소니엔젤을 우편으로 완벽히 받아보았기에 (그것도 손 편지와 함께) 중고나라를 알면 알수록 세상은 아직 아름답다고 느끼는 날이 많았다. 그렇게 내 곁의 소니엔젤은 늘어만 갔고, 모을수록 더 희귀한 게 갖고 싶어졌다. 그 중에서도 특히, 기존 소니엔젤보다 몇 배는 더 크고 베이비파우더 향이 나며 나비 옷을 입었다는 '자이언트 소니엔젤 버터플라이'가 눈앞에 아른거려 잠이 안 올 지경이었다.

결국 중고나라에 구매 글을 올리고 말았다. 자이언트, 소니엔젤, 버터플라이 등을 검색 키워드로 설정하고 알림까지 켜두는 등 애타게 판매 글만 기다리며 댓글 1빠가 되려고 부단히 노력하는 내 모습이 싫어졌기 때문이다. 놀랍게도 글을 올린 지 얼마 되지 않아 연락이 왔다. 그 귀하다는 자이언트 소니엔젤을 가진 자가 내 글을 발견하고 연락하는 데 걸린 시간이 5분밖에 걸리지 않았다니 조금 의아했다. 나는 호락호락하지 않은 구매자인 척하고 싶어서 사진을 요구했다. 판매자는 사진도 척척 잘 보내주었다. 소니엔젤에 눈이 먼 나는 누가 쫓아올세라 쿨 거래를 감행했다. 그리고 판매자는 쿨하게 종적을 감추었다.

단돈 4만 원에 양심을 파는 사람이 있다니. 참 한심한 인생이라고 생각했다. 그러나 당시 내 나이는 스물셋. 그 나이에 인형으로 사기를 당하다니. 박빙의 한심함 대결. 스물셋의 나는 금전 가치를 소니엔젤로 환산하는 버릇이 있었는데 예를 들면 1만 2천 원짜리 치킨은 약 2소니, 6천 원짜리 스타벅스 프라푸치노는 1소니로 표시하는 것이었다. 4만 원은 무려 6.67소니나 되었다. 가슴이 쓰려왔다. 그 수많은 아가를 놓치다니. 네이버 지식인에 중고나라 사기로 검색하기를 여러 번. 그러다 경찰에서는 2천만 원도 소액사건으로 여긴다는 것을 알게 되었다.

어른이 되면 2천만 원도 소액이 되는 걸까. 휴학생이던 나에게는 4만 원은 고액 중의 고액이었다. 이를 악물고 경찰서에 가서 진술서를 썼다. 서류만 제출하면 되는 줄 알았는데 사이버수사대 사무실로 가서 진술도 하고 가라고 했다. 졸지에 나는 형사님과 마주 앉아 사실은 중고로 인형을 사려다 사기를 당했다고, 피해액은 고작 4만 원이지만 누구에게나 그렇듯 그 돈은 나에게 정말 소중한 돈이라는 이야기를 입으로 뱉어야만 했다. 형사님은 지지 않고 인형을 인형 가게에서 사야지 왜 중고나라에서 샀느냐고 했다. 나는 발끈하며 그 인형은 한정판이라 한국에서는 절대 구할 수 없기 때문에 나의 소비는 정당했다고 똑 부러지게 주장했다.

한정판 인형의 가치를 모르는 상대와 인형에 목숨 건 이십 대의 아슬아슬한 핑퐁 게임. 그것은 나를 사랑했다던 자가 이별 후 얼마 되지도 않아 중고나라에서 커피머신을 팔던 모습을 보는 것보다 몇십 배는 더 치욕스러운 경험이었다. 대면으로 바보짓을 이야기할 줄 알았다면 경찰서에 가지 않았을 것이다. 그렇다. 이미 사기꾼은 돈보다 더 중요한 것들을 나에게서 빼앗아가는 중이었다. 아름다운 세상에 대한 믿음, 지성인으로서의 자부심, 성인으로서의 체면, 소니엔젤과 같은 귀여운 것들에 대한 열망, 사람을 향한 신뢰 등등의 많은 것을. 피해액에 비해 너무 많은 증거 자료를 보며 형사님이 말했다.

"생각보다 굉장히 준비를 잘 해오셨네요."

나는 사실 주변에 경찰 친구가 있어서 당황하지 않고 준비할 수 있었다고 의기양양하게 말했다. 소 잃고 외양간 고치는 주제에 작은 칭찬에 뿌듯해하는 내가 싫었다. 형사님은 그런 날 보더니 한숨을 쉬며 중고나라는 보통 나라가 아니고 무시무시한 나라라서 각별히 조심해야 하며 특히 사기의 타깃이 되는 구매 글은 절대 올리지 말라는 당부를 해주었다. 소액 중의 소액. 초소액 4만 원에도 공평한 염려를 처방한 형사님에게 고마운 마음마저 들 정도였다. 집에 돌아가는 길에는 속도 없이 경찰 친구에게 덕분에 칭찬받았다며 바나나맛 우유 기프티콘을 선물했다. 더 좋은 걸 주고 싶었는데 사기당해서 돈이 없다는 말도 아끼지 않았다.

그 후, 경찰서에서 우편이 날아와 엄마를 놀라게 하는 일이 두 번 정도 있었다. 뜯어 보면 사기꾼의 행적이 확인되지 않아 처리하기 곤란하다는 말뿐이었다. 그걸 보니 초소액 사기꾼도 꽤 할 만하다는 생각이 들었다. 한정판 인형을 사려다 삽시간에 4만 원을 털렸다는 사실을 엄마에게는 끝까지 말하지 못했다. 그리고 나는 의심병을 얻었다. 살면서 갑자기 좋은 일이 벌어질 것 같을 때 끝없이 의심하는 버릇이다. 자주 하는 말버릇은 "이거 혹시 몰카 아냐?"다. 행운이 불행으로 돌변할 가능성을 끊임없이 상기하는 것이다.

직장인이 되고 나서 100소니를 사고도 남을 정도의 월급을 받는다. 면 백 퍼센트 아우터 또는 수분 폭발 대용량 수분크림 같은, 소니엔젤보다 몇 배는 더 짜릿한 아이템을 만나면서 소니엔젤 수집을 금세 관두었다. 그리고 연변 말씨를 쓰면서 검찰청이라는 전화가 온다든가, 공짜로 제품을 줄 테니 걱정 말고 체험해 보라는 말 같지 않은 말에는 절대 속지 않는다. 눈 뜨고 4만 원을 베인 그날 이후부터 말이다. 어처구니없는 사기를 당했다는 말에 우리 언니는 인생 공부 수강료인 셈 치라고 했다. 들을 때는 말도 안 되는 소리 같았지만 이제는 4만 원이면 나쁘지 않았다는 생각이 든다. 초특가로 인생을 득템한 기분이랄까?

그래서 아무런 의심 없이 덥석 믿어버리는 사람이 있다면 중고나라를 처방하고 싶다. 인생과 중고나라는 너무 닮았기 때문에.

토이 스토리 개봉에 대처하는 자세

- 영화는 끝나도 소비는 끝나지 않는다 -

덕후들의 가장 큰 착각은 자신이 가진 사랑의 절대량을 과소평가하는 것이다. 회사를 다니며 일정량 이상의 인류애를 잃은 나는 내가 사랑에 대해서는 조금 냉정해진 것 같다고 착각해 왔다. 하지만 사람에게 정이 떨어질수록 사람 아닌 것에 대한 믿음이 커지는 법. 그렇게 책상은 나도 모르게 덕후의 책상이 되어갔다. 토이 스토리 친구들과 미니언즈, 디즈니 친구들로 뒤죽박죽된 내 책상. 누구든 한번 오면 기겁할 수밖에 없다는 내 책상. 미니언즈 머리통에서 수증기가 뿜어져 나오고, 도널드 컵과 데이지 컵이 커플로 입주해 있으며, 토이 스토리 알린 캐릭터 펜은 물론 달력

앞에는 다이소 출신 알파카 인형까지 있다. 한마디로 바람 잘 날이 없다.

이렇게 캐릭터 모으는 사람으로 정평이 난 나에게 큰 위기가 닥쳤는데, 그건 덕후들에게 바로 호환마마보다 무섭다는 〈토이 스토리 4〉 개봉이었다. 〈토이 스토리 3〉을 보고 눈물을 훔친 주제에 나는 영화에 큰 관심이 없었다. 오로지 관심은 토이 스토리 친구들을 이용한 굿즈뿐이었다. 특히 주인공인 우디와 버즈도 좋지만 돼지 햄도 외계인 알린도 미스터, 미세스 포테이토 부부도 딸기 향이 나는 랏소마저도 좋아하기에 개봉과 동시에 통장에 구멍이 나다 못해 찢어질 게 분명했다. 사랑에 냉소적인 직장인인 줄 알았던 나는 알고 보니 소문난 사랑꾼이었다. 이쯤 되면 토이 스토리에 나오는 대부분 등장인물을 사랑한다고 볼 수 있기 때문이다.

아니나 다를까 영화가 개봉하기도 전에 모든 업종에서 쉴 새 없이 이벤트를 쏟아냈다. (지금 불매운동이 한창이나 당시에는 꽤나 핫했던) 스파 브랜드에서는 토이 스토리 티셔츠를 사면 캡슐토이를 준다고 했고, 던킨도너츠는 생전 들어본 적도 없는 먼치킨 컨테이너(통)를 버즈 모양으로 만들었다고 했다. 여기서 끝이 아니었다. 다른 스파 브랜드에서도 질세라 토이 스토리 티셔츠와 잠옷을 출시했고, 씨지브이는 물론 메가박스에서도 토이 스토리 팝콘 통을 포함한 콤보가 나온다고 난리였다. 정신 차려보니 다이소에 토이 스토리 코너가 생겼고, 고개를 돌려보니 배스킨라빈스에서 느닷없이 토이 스토리 우산을 팔고 있었다. 2019년 여름은 보통 여름이 아니었다. 이름하여 토이 스토리 굿즈 대성수기였다.

행복하지만 괴로웠고 숨 가쁜 나날들이었다. 본능적으로 알기 때문이다. 캐릭터 장사는 한 철이라는 것을. 한정판이라는 이름을 달고 쏟아져 나올 때는 언제까지나 곁에 있을 것 같지만 시간이 지나고 뒤를 돌아보면 돌연 품절되어 다시는 구할 수 없다는 그 사실 하나만으로 우리 미련을 자극한다는 사실. 그러니까 나는 토이 스토리 친구들을 하나도 빠짐없이 사야 한다는 압박감에 짓눌리고 있었다. 일단은 까짓 캡슐토이에는 관심이 없다는 패기로 가볍게 스파 브랜드에 갔다. 나도 모르게 손에는 버즈 티셔츠와 여름용 바람막이, 리넨 잠옷을 들고 있었고 캡슐토이는 물론 일정 금액 이상 사면 주는 보랭 가방까지 받았다.

완벽한 페이스 조절 실패였다. 앞으로 걸어야 할 굿즈의 길이 멀고도 험하거늘. 덕후임을 가장 크게 들킬 수 있는 캐릭터 의류에 다시는 큰돈을 쓰지 말자고 하늘에 맹세했다. 그러나 굳은 다짐도 잠시, 네이버 연관검색어에 힘입어 토이 스토리 티셔츠를 구경하던 나는 미스터 포테이토 티셔츠를 발견하고 이성을 잃고 만다. 엄청난 활약에도 말 한마디 안 하는 외계인 알린과 악당 랏소보다도 못한 대접을 받았던 것이 바로 포테이토 부부 아니었던가. 미스터 포테이토 굿즈는 너무나도 쓸데없는 대형 피규어가 아니면 거의 찾아볼 수 없었던 것이 작금의 현실이었다.

이미 토이 스토리 티셔츠를 샀는데 또 사야 하는 이유는 딱 한 가지. 그것은 그 브랜드에서만 판매하는, 다름 아닌 포테이토 티셔츠기 때문이다. 문제는 그다음이었다. 포테이토를 보니 알린이 아쉽고, 랏소도 아쉽고, 주인공 우디를 외면하는 것도 예의가 아닌 것 같아 공평하게 담다 보니 네 장이나 샀다. 어째서 매번 토이 스토리 앞에서는 박애주의자가 되는가. 하지만 포테이토와 알린, 랏소, 우디 중 그 누구도 사랑하지 않을 수 없기에 또다시 지갑을 열 수밖에 없었다. 티셔츠를 몇 장 사고 나니 조금 질리던 차에 이번에는 던킨도너츠가 알림톡을 보내온다. 바로 먼치킨을 담을 수 있다는 버즈 컨테이너 사전 예약 메시지다. 해피포인트 앱을 이용하면 정가보다 3천 원 싸게 살 수 있다는 꿀팁까지 얻었다.

캐릭터 상품이 가진 치명적 단점은 쓸모가 없다는 거다. 캐릭터를 좋아하는 덕후의 입장에서도 그 점은 정말 반박하기가 어렵다. 토이 스토리 친구들이 존재하는 이유는 귀여움 말고는 딱히 없기 때문이다. 그러나 그 친구들에게 용도가 생긴다면, 덕후에게는 만만세다. 그것은 명분. 토이 스토리라면 일단 사고 보는 몰지각한 덕후가 죄책감을 느끼지 않도록 명분을 주기 때문이다. 버즈 먼치킨 컨테이너라는 건 그런 제품 중 하나다. 피규어가 그저 귀여움으로 빚어진 물건이라면, 먼치킨 컨테이너는 먼치킨을 담을 수 있다는 것만으로 꽤 실용적이다. 그런데 만약 그 통이 토이 스토리 버즈 모양이라면? 그니까 귀여운 데다가 실용적이기까지 하다면? 어떻게 안 살 수가 있죠!

그런 생각으로 앱에 접속했는데 세상에 버즈 얼굴이 생각보다 고퀄이다. 가슴이 요동친다. 어떻게 이렇게 똑같이 구현했지? 재고 걱정 없이 사려면 역시 사전 예약이 좋겠어. 정가보다 3천 원 저렴한 가격에 버즈 먼치킨 컨테이너를 구입했다. 하하, 오늘도 3천 원 저렴한 하루. 돈 샐 틈 없는 나의 현명한 소비. 캐릭터 덕후들이 제일 무서워하는 건 단종도 비싼 가격도 아닌 짝퉁이다. 마음속 우디와 버즈가 아닌 조악한 수준의 굿즈를 만났을 때의 실망감. 일그러진 토이 스토리 친구의 얼굴을 보며 구겨져 가는 내 마음. 캐릭터 업계에는 뭘 찍어내도 호기심에 이것저것 사보는 소문난 호구가 많기 때문에 짝퉁도 아주 많다. 하지만 이 컨테이너는 진흙 속의 진주. 누가 봐도 버즈다운 버즈의 모습. 용감한 표정과 시그니처 퍼플 컬러, 얼굴 덮는 뚜껑까지 완벽 그 자체다.

딱 하나 단점이 있다면 크기였다. 너무 큰 나머지 회사에서 뜯어보고 도저히 집까지 가져갈 엄두가 나지 않아 사무실에 모셔두고 버즈의 기운을 받기로 했다. 과연 캐릭터호더다운 선택이다. 나는야 본격 나밖에 모르는 직장인 1호. 동료의 기분 따위는 생각하지 않는다. 컨테이너를 사고 받은 먼치킨은 절대 컨테이너 안에 넣지 않았다. 덕후들 중에 이름이 버즈 먼치킨 컨테이너라고 해서 순진하게 먼치킨을 넣고 다니는 바보들은 없다. 이유는 단 한 가지.

내 친구 버즈가 더러워지기 때문이다. 도넛 기름으로 버즈를 괴롭히고 싶지 않아 티셔츠를 사고 받은 토이 스토리 캡슐토이를 넣어두었다. 버즈 속 버즈. 토이 스토리 속 토이 스토리.

이쯤 되면 그만 살 법도 한데 인스타그램이라는 요물은 잠시도 나를 가만두지 않는다. 이곳은 팔로우한 사람들의 피드만 보여준다. 팔로우한 사람 중 30퍼센트는 캐릭터 상품을 파는 판매상이다. 고맙게도 그들은 아무도 시키지 않았지만 누구보다 기민하게 토이 스토리 굿즈 판매 정보를 공유하고 있었다. 뭐라고? 메가박스에서 토이 스토리 팝콘 통을 판다고? 며칠 전 던킨에서 산 버즈 컨테이너는 까맣게 잊은 채 영화관에 갈 수 있는 일정을 체크하며 발을 동동 굴렀다. 토이 스토리의 영원한 돼지 캐릭터 햄 팝콘 통을 단돈 9천 900원에 살 수 있다는 희소식이었다. 물론 지마켓에서 미리 기프티콘을 구매하는 조건이었다. 팝콘 통뿐만 아니라 콜라 두 잔과 팝콘 스몰 사이즈를 주지만 스낵 따위는 이미 아웃 오브 안중.

생각해 보니 이번에 산 굿즈 중에 햄이 들어간 굿즈는 없다. 이것 참. 더더욱 살 수밖에 없군. 토이 스토리에 나오

미친,
오늘도
너무 잘 샀잖아

는 대부분을 좋아하는 바람에 통장은 남아나질 않지만 거듭 말했듯 캐릭터 상품은 물 들어올 때 노 저어야 한다. 삼계탕집에 초복 중복 말복이 지나면 복날 특수가 홀연히 사라지는 것처럼 영화 개봉일이 경과할수록 캐릭터 상품을 살 기회는 점점 사라진다. 팝콘 통은 필요하지만 영화는 딱히 볼 생각이 없었던 나는 비장하게 영화를 보러도, 팝콘을 먹으러도 아닌 햄 팝콘 통을 찾으러 영화관으로 향했다.

사실 포테이토 부부가 등판에 그려진 티셔츠를 입고 싶은 마음이 굴뚝같았다. 하지만 햄 팝콘 통을 사서 뒤를 도는 순간, 그 모습을 볼 영화관 알바생의 뜨악한 기분을 생각하니 선뜻 용기가 나지 않았다. 지긋지긋한 덕후들을 종일 상대해야 할 알바생을 생각해서 고심 끝에 티셔츠를 골랐다. 가슴팍에 미키와 미니가 작게 그려진 회색 티셔츠였다. 토이 스토리 굿즈를 살 때 토이 스토리 옷을 입는 건 촌스러운 행동이다. 아이들로 가득 찬 주말의 메가박스에는 활기가 넘쳤다. 이곳에서 영화도 팝콘도 콜라도 필요 없는 사람은 나뿐인 것처럼 보였다. 내 차례가 되자마자 비밀스럽게 미리 구매한 기프티콘을 꺼내 들었다.

"저, 이거 쓰려고 하는데여."

"(안내 팸플릿을 가리키며) 네, 고객님 여기 세 개 중에 골라주셔야 하는데 어떤 걸로 하시겠어요?"

여기서 바로 햄이라고 말하면 덕후인 게 들통난다. 약간 고민하는 척하면서, "음… 이거 돼지로 주세여". (캐릭터 이름을 모르는 일반인인 척한다.)

"아 네 햄… 아 돼지로 드릴까요?"

"네, 근데 혹시 팝콘 따로 넣어주실 수 있나여?" (버즈 먼치킨 컨테이너와 같이 햄 팝콘 통 안에 팝콘을 넣는 짓은 절대 해서는 안 되는 일이다. 팝콘 기름에 내 친구 햄이 더러워지기 때문이다.)

"네 가능하세요."

"아, 근데 콜라는 필요 없고여, 팝콘만 따로 주세여."

"네…?"

"아… 그게 집에 들고 갈 거라서여… 콜라는 안 주셔도 돼여." (노력해 봤지만 역시 덕후인 걸 들킨 것 같다.)

"아… 네 잠시만 기다려주세요(웃음)."

영화관 매점에서 자기가 돈 주고 산 콜라가 필요 없다는 개노답 손님을 맞으며 알바생은 어떤 생각을 했을까. 조금 당황했지만 이런 일도 자주 있다는 듯 알바생은 능숙하게 팝콘을 포장해서 햄 팝콘 통과 함께 내주었다. 생각보다 광택이 심하고 시그니처 컬러인 분홍색도 진해서 조금 싼티 났지만 혹시 누가 볼세라 미리 준비해 간 교보문고 쇼핑백 안에 넣고 마치 책인 양 품에 고이 안고 집으로 돌아왔다. 역시 햄 팝콘 통은 아무것도 하지 않은 채 그 존재만으로 내 방을 밝히는 중이다.

그 이후로도 나는 알리익스프레스닷컴에서 토이 스토리 포테이토 부부 에어팟 케이스를 샀고, 편의점에서 알린 피규어를 뽑았다. 축하할 일이 있는 친구에게 배스킨라빈스 토이 스토리 팩을 깜짝 선물로 주기도 했다. 살 수 있는 모든 굿즈를 사서 누린 후에 누구보다 느지막이 영화를 관람했다. 역시 희대의 명작. 영화를 보고 나니 새 변수가 생겼다. 새로 등장한 캐릭터들에 관심이 간다. 더키, 버니, 개비 개비, 포키… 언제쯤 토이 스토리 친구들에게서 벗어날까?

삼십 대의 미용실

- 소확행보다 확행 -

그날은 적금 만기일이었다. 인생 첫 적금, 이율 3.3퍼센트. 매달 41만 6천 원. 이 년이면 천만 원. 절약 잘하기로 소문난 친구의 꼬임에 넘어가 수협은행에서 '달려라 2030' 적금에 가입한 지 벌써 이 년이 흐른 것이다. 보통 사람이라면 난생처음으로 생긴 목돈을 다시 어디에 투자할까 고민했겠지만 재테크 1도 모르고 욜로에 열광하는 나는 생각이 좀 달랐다. 지난 이 년간의 물가상승률은 전혀 고려하지 않은 채, 원금 천만 원이 빚어낸 이자 30만 원의 용도를 고민했다. 사회생활 시작과 동시에 이 년 만에 인생 첫 적금 마라톤을 완주한 나. 그렇다면 이자 정도는 자랑스러운 나를 위해 투자하는 게 인지상정.

자본주의 사회에서는 돈을 내면 그에 상응하는 만족감을 받는 것이 일반적이다. KTX도 일반실 운임의 40퍼센트를 추가하면 좀 더 넓은 특실을 이용할 수 있고, 물이나 과자도 준다. 소재가 좋은 코트는 비싸고, 비싼 만큼 오래 입는다. 그러나 미용실은 다르다. 내 돈 내고 머리를 하면서 단 한 번도 마음을 졸이지 않은 적이 없다. 게다가 원치 않는 따가운 비난도 감수해야 한다. '머릿결이 왜 이렇게 상했느냐' 또는 '커트는 어디서 했길래 이 모양이냐' 같은 말로 추가 시술을 유도한다. 그런 말을 들을 때마다 손상모 전용 클리닉을 추가할 돈도 없거니와 관리에 실패한 열등생이 된 기분이 들어서 한없이 쭈그러들곤 했다. 가뭄에 단비 같은 적금 이자 30만 원은 그동안 스쳐 지나간 호랑이 미용사들을 떠올리게 했다.

30만 원 정도면 미용실에서 더 이상 기죽지 않아도 되리라. 엄마 따라 집에서 두 시간 걸리는 미용실에 갔던 날에는 지하철에서도 멀미한다는 사실을 깨달았다. 동네 미용실에서는 파마를 하다가 미용사와 보조 담당인 그의 어머니와 하교 후 갈 데가 없는 자녀들의 대화에 단 한 번도

끼지 못했다. 유명하지 않은 미용실은 없다는 이대 앞 미용실에서는 단발 펌을 하고 공교롭게도 얼마 지나지 않아 남자 친구랑 헤어졌다. 이 모든 것이 돈을 아끼느라 인생 미용실을 못 찾아서인 것만 같았다. 이제는 마음 맞는 미용실을 찾아 어깨를 펴리라.

늘 그렇듯 돈 쓰는 일은 별로 어렵지 않았다. 평소 입소문에 열광하는 나는 회사 동기 언니의 언니가 다닌다는 집 근처 미용실 이름을 쉽게 알아낼 수 있었다. 동기 언니의 언니가 나보다 나이가 7살 이상 많다는 이유만으로 믿음이 갔다. 당시 이십 대였던 나는 삼십 대 언니들에 대한 환상이 있었는데, 삼십 대 언니들은 왠지 허튼 돈은 안 쓸 것 같았기 때문이다. 믿을 건 적금 이자 30만 원밖에 없던 나는 부푼 마음으로 예약을 감행했다.

삼십 대 언니가 다니는 미용실은 과연 다른 곳이었다. 미용실은 일단 내 이름을 궁금해했고, 마음대로 반말을 하지도 않았다. 나는 식은땀을 흘리며 상담을 시작했다. 언제쯤 머릿결이 상했다고 혼날까 마음을 졸였는데, 결론적으로 나는 단 한 번도 혼나지 않았다. 오히려 머릿결이 좋다고 칭찬받았다. 손상모 전용 클리닉도 딱히 필요 없다고 했다. 예전에는 머리를 헹구는 시간이 제일 고역이었는데, 샴푸실은 춥고 한껏 긴장한 나머지 움츠러들어 어깨 근육이 뭉쳤기 때문이다. 여기서는 머리를 헹굴 때 두피 마사지를 해준다. 삼십 대 언니의 미용실에 도착한 지 두 시간도 되지 않아 남이 머리를 감겨주는 게 얼마나 기쁜 일인지 깨달았고, 냉큼 돈의 맛에 빠져버렸다.

난생처음 느껴보는 미용실의 주인공이 되어 호기롭게 30만 원권을 결제했지만 불필요한 시술을 하지 않은 탓에 파마를 하고도 돈이 한참 남았다. 강력한 계시를 받은 것 같았다. 여기는 과연 낸 만큼 대우해 주는 인생 미용실이다. 성대한 배웅을 받으며 미용실을 나오면서 적금을 추천해 준 친구한테 고맙다고 카톡을 했다. 친구는 이자까지 합쳐서 다시 돈을 묶겠다고 했지만 나는 별로 관심이 없었다. 관심사는 오로지, '다음에는 머리에 뭘 해보지?' 정도. 그 이후로 기운이 없을 때마다 종종 미용실에 가고, 레모네이드를 마시면서 미용사 언니랑 잡담을 한다.

미용사 언니는 거짓말하지 않는다(나중에 알고 봤더니 삼십 대였다). 머리가 상했을 때는 이게 뭐냐고 비난하지만 머릿결이 좋을 때는 칭찬을 아끼지 않으며, 파마와 염색을 동시에 해달라는 무리한 요구를 절대 받아주지 않는다. 좋은 에센스를 추천해 달라고 하면 꼭 그 미용실에서 안 파는 것을 알려준다. 또한 늘 파마에 실패하는 내 모발의 문제점을 단번에 알아내면서 그동안의 가성비 미용실에서는 내 모발에 관심이 없었다는 슬픈 진실마저 깨닫게 해주었다. 언니가 보조 선생님에게 이 고객님은 제일 얇은 걸로 빡세게 말아야 해 속삭이던 날, 나도 모르게 50만 원권을 결제했다.

어느 순간부터 소확행에서 '소'보다 '확'에 집착하게 되었다. 시간과 돈을 투자했을 때 확실한 만족감을 줄 것인가. 긴 머리 물결 펌에 집착한 나머지 일 년 넘게 머리를 기르는 나를 응원해 주는 그 언니는 '확행'이다. 머리를 기르는 동안 할 수 있는 시술을 야금야금 추천해 주기 때문이다. 시키는 대로 냉큼 시술을 감행하는 나도 언니에게 '확행'인 고객이 아닐까 하는 생각이 들기도 한다. 언니는 유치하기 짝이 없는 내 우산을 단번에 알아보기도, 어쩐지 같은 미용실에 다니게 된 회사 동기들의 소식을 전해주기도 한다.

며칠 전에는 추천에 따라 뿌리 펌을 했고 어제는 뿌리

염색을 했다(두피 보호를 위해 두 시술을 절대 같이 할 수는 없다). 얼마 전에 혼자 물결 고데기를 하다 오른쪽 귀를 데었다는 소식을 전하자 안 그래도 염색하는데 귀가 유독 빨개서 귀 캡이 조였나 걱정했다고 한다. 그리고 물결 고데기 사진을 보자마자 별로라고 해서 당근마켓에 팔아버릴 예정이다. 어느덧 나도 삼십 대가 되었다. 회원권 잔액은 바닥을 보이지만, 더 이상 만기 될 적금 또한 없지만 이곳이 진정한 삼십 대의 미용실임을 부정할 수는 없을 것 같다.

막걸리 마실 때 중요한 것들

- 다 마신 막걸리도 다시 보자 -

금요일마다 막걸리를 마신 지 삼 주가 지났다. 첫 번째 막걸리는 다음 주 휴가를 앞둔 팀장님의 번개 소집으로 팀원들과 함께했다. 한 주전자에 두 병 들어가는 막걸리로 딱네 주전자를 마셨다. 우리 팀장님은 평소 회식 날짜를 미리 잡으면 서로에게 부담이 된다면서 질색하는 사람이다. 하지만 번개 소집에는 굉장히 능하다. "다음 주 금요일에 번개 어때?"라는 말을 일주일 내내 하시기 때문이다. 우리는 귀에 피가 날 지경이 되어서야 미리 잡는 회식과 급번개에 어떤 차이점이 있는지 전혀 모른 채로 국내 최초 예고 번개에 참석하기로 했다.

사실 번개가 성사된 것은 팀장님의 지갑 덕분이었다. 나는 팀장님이 막걸리를 쏜다는 말에 설레서 점심도 반만 먹었다. 팀장님 돈으로 먹는 두부김치와 해물파전, 동태전 그리고 막걸리는 꿀맛이었다. 게걸스럽게 전을 마구 욱여넣는 우리를 보며 팀장님은 평소에 못 먹고 사느냐고 의아해했다. 팀장님은 끝까지 번개를 고집한 이유는 우리가 부담스러울까 봐 그런 거였다고 주장했다. 하지만 그건 착각이었다. 사실 우리 셋은 조금도 부담스럽지 않았기 때문이다. 정말 부담스러웠다면 조금 쓰레기 같지만 있지도 않은 선약을 만들었을 수도 있다.

하지만 우리는 쓰레기가 아닌 보석 같은 팀원들. 자칭 팀장님이 두부라면 김치 같은 팀원들, 혹은 팀장님이 막걸리라면 주전자 같은 팀원들이다. 그래서 팀장님의 착각을 바로잡기 위해 한마디 했다.

"팀장님 죄송하지만 뭔가 잘못 알고 계신 거 같은데, 사실은 저희 팀장님 별로 안 부담스럽거든여?"

그러고는 한동안 깔깔대며 박장대소한 후 막걸리를 원샷하고 스노우 앱으로 우비를 입고 다 같이 인증 사진을 찍었다. 너무 마음에 들어서 집에 가는 길에 팀장님에게 우비

사진을 보냈는데 늘 그렇듯 읽씹당했다. 사실 팀장님은 웬만해서는 답톡을 한 적이 없다. 고요 속의 외침. 어쩌면 날 부담스러워할 수도 있겠다는 생각이 들었다. 팀장님이 전혀 부담스럽지 않다던 우리 셋은 지하철을 타러 가다 너무 목이 탄다는 이유로 설빙에서 멜론 빙수까지 먹은 후 깔끔하게 헤어졌다. 팀장님이 쏜 첫 번째 막걸리는 성공적이었다. 막걸리를 먹을 때 누구의 지갑으로 먹는지가 아주 중요했던 하루였다.

두 번째 막걸리는 동네 친구와 함께했다. 첫 번째 막걸리가 너무 맛있었기에 오늘의 술로 단번에 막걸리를 추천했다. 때마침 양천구의 자랑 형배네포차의 뒤를 이을 동네 막걸릿집도 발견해서 몹시 설렜다. 첫 번째 막걸릿집과 달리 이곳은 퓨전 선술집이었다. 우리는 알밤 막걸리와 크림 명란감자를 시켰다. 알밤 막걸리는 엄청 달았고 친구는 소주가 당긴다고 했다. 크림명란감자는 크림파스타 소스와 으깬 감자의 조합이었는데 묘하게 달았다. 그리고 사실 동네 친구는 그날 낮술을 했다. 만나기 전에 여럿이 소주와 맥주를 합쳐 열 병 이상 마셨다는 친구는 막걸리에 내줄 여력이 그리 많지 않았다.

하지만 나는 낮술은커녕 무알코올 상태였다. 아쉬운 마음에 안주를 다시 시키기로 했다. 단맛에는 역시 매운 맛이 강적 아닌가. 우리 선택은 매콤 토마토 바지락찜. 그냥 토마토 파스타 맛이었다. 막걸리만 오렌지에이드로 바꾸면 완벽해질 것 같은 맛이었다. 어디서부터 잘못된 건지 알 수 없어서 지푸라기라도 잡는 심정으로 다시 새로운 막걸리를 시켰다. 새로 나온 호랑이 막걸리는 전용 컵도 귀엽고 맛도 있었지만 애석하게도 낮술 친구의 흥을 돋우지 못했다. 결국 마지막으로 절대 실패할 수 없는 안주 먹태를 시켜 입안을 정화해야 했다. 나는 크림명란감자를 잘못 시킨 책임을 지고 술값을 냈다. 막걸리를 먹을 때 상대의 혈중알코올농도와 안주 선택이 얼마나 중요한지 깨달은 날이었다.

세 번째 막걸리는 88이들과 함께했다. 총 네 명으로 이뤄진 88모임은 90년생인 나를 제외하고 모두 88년생이라 88모임이다. 입사 시기는 다르지만 같은 시기에 비슷한 업무를 하다가 친해져 버린 사람들이다. 나 혼자 90년생이지만 넷 중에 덩치가 제일 크며 언니 대접이라고는 1도 안 하는 무개념 동생이기에 슬프지만 그 누구도 나를 88이 아니라고 의심하지 않았다. 요즘 우리에게는 공통적인 감성이 있다. 바로 성과급 감성이다. 어떤 소비도 '성과급을 받았는데'라는 허세에서 벗어날 수 없다. 막걸리도 예외는 아니었다.

여의도에 있다는 정갈한 막걸리 맛집을 찾아가기로 했다. 네이버로 예습한 결과로는 막걸리도 안주도 맛있는데 비싸다는 말이 대부분이었다. 7월 말에 성과급을 받고 성과급 병에 걸려 돈이 쓰고 싶어 안달 난 우리에게 딱인 것 같았다. 연차 촉진을 위해 작년부터 도입된 괴상한 휴가 유형인 반반차(1/4 연차)를 쓴 88이와 시차출퇴근제를 이용해 5시 30분에 퇴근한 88이와 90이는 영등포에서 택시를 타고 여의도로 향했다. 애석하게도 88이 한 명은 참석하지 못했다. 우리 셋은 무려 6시가 되기도 전에 여의도에 도착했다. 수많은 빌딩 숲을 보며 진정 나의 직장 영등포와 꽤나 멀어졌음을 실감했다.

설레는 마음으로 어느 건물 5층에 위치한 막걸릿집에 갔는데 아니 벌써부터 실내에 자리가 없다고 했다. 여의도 막걸리노들과 막걸리나들은 생각보다 부지런했다. 이럴 줄 알았으면 반차를 쓸 걸 그랬다고(사유: 막걸리) 한탄하며 하는 수 없이 테라스 자리에서 먹기로 했다. 그날은 폭염 경보 재난 문자가 두 번이나 온 날이었다. 하지만 택시까지 타고 여의도에 왔는데, 막걸리 너무 많이 마시지 말라는 기사님의 당부까지 받았는데 쉽게 물러설 수는 없었다. 푹푹 찌는 밖에서 유리 너머로 땀 한 방울 흘리지 않고 막걸리를 마시는 사람들을 구경하다 보니 굉장히 불우한 하루가 될 것 같다는 예감이 들었다.

심지어 벨도 없어서 측은한 눈빛으로 다급하게 손을 흔들어 보여야 했는데 아무도 봐주지 않았다. 얼른 술이라도 먹고 싶다는 88 언니들의 간절한 바람에 힘입어 90인 나는 막내로서의 사명감으로 직원을 직접 찾으러 갔다. 직원은 직접 찾아와 주문하겠다는 바깥손님에게 조금 놀란 눈치였다. 너무 더운 나머지 실내에서 주문이라도 하며 시간을 때워보려 했지만 직원은 내 속도 모르고 나를 다시 바깥으로 내몰았다. 신기하게 생긴 이동식 띵똥 벨을 주면서 다음부터는 이걸 누르라고 했다. 우리는 여름 한정 수박 막걸리와 묵은지 탕수육과 호감전을 시켰다. 언제나 그렇듯 한정이라는 말은 여자를 설레게 한다.

나에게는 오랜 악취미가 있는데 친구를 만나면 음식이

나오기 전에는 셀카를 찍고 음식이 나오면 음식 사진을 백 장씩 찍어야 하는 버릇이다. 그날도 자연스럽게 매일 피부처럼 지니고 다니는 삼각대 셀카 봉을 꺼내 세팅을 했다. 88이들과 나는 동영상까지 찍으며 개덥지만 전혀 아닌 척 가상의 시청자들에게 수박 막걸리에 대해 열렬히 설명했다. 우리는 모두 서로의 멘털을 위해 테라스가 좋은 척했지만 사실은 안으로 들어가기만을 오매불망 기다리고 있었다. 목덜미가 땀으로 범벅되던 그때, 우리에게 기회가 왔다. 먼저 테라스에서 술을 먹던 막걸리노들이 어떤 이유에서인지 실내행을 거절한 것이다.

더위에 강한 여의도 사람들 덕분에 우리는 첫 막걸리가 나오기도 전에 에어컨을 만날 수 있었다. 묵은지 탕수육과 수박 막걸리도 기다렸다는 듯 모습을 드러냈다. 수박 막걸리는 대존맛이었다. 호박과 감자의 조합이라는 호감전 또한 대단히 호감이었다. 하하, 역시 막걸리에는 전이야. 우리는 호감전을 먹으며 비호감인 어떤 자에 대해서 이야기했다. 그다음으로 끝맛이 깔끔하다는 채소 막걸리를 시켰다. 500밀리리터를 시켰다가 생각보다 작은 크기를 보자마자 얼른 천 밀리리터로 바꾸는 실수를 범했는데,

미친,
오늘도
너무 잘 샀잖아

갑자기 비장하게 화재 경보가 울렸다.

"화재가 발생했습니다. 즉시 대피해 주십시오."

그러나 우리는 즉시 대피할 수 없었다. 천 밀리리터의 막걸리가 남아 있었기 때문이다. 화재 대피 방송이 끊기지 않고 계속되었기에 갑자기 이곳에서 막걸리를 먹다가 생을 마감하면 어떻게 될지 고민하게 되었다. 이제 내 유언은 '수박 막걸리 개맛있어'와 '채소 막걸리 깔끔해'가 되는 건가. 다들 동요했지만 아무도 대피하러 나가는 사람이 없었기에 우리는 혹시 마지막일 수도 있으니 셀카를 찍는 게 어떠냐는 해괴한 잡담을 나누었다. 다행히 화재 경보는 곧 중지되었고 직원을 통해 다른 층에서 발생한 일이 조치가 완료되었다는 말을 전해 들었다.

마치 새 삶을 얻은 기분으로 우리는 안주를 새로 골랐다. 블로그에서 말해준 것처럼 가격에 비해 안주 양이 다소 적었고, 비호감인 사람 이야기를 하다 보니 호감전은 어느새 동이 났기 때문이다. 세 번째 안주는 금방 동날 일이 없는 차돌 얼큰탕으로 결정했다. 그런데 차돌이 얼큰해질 시간이 한참 지났는데도 차돌 얼큰탕은 나타나지 않았다. 막내로서 다시 사명감을 발휘해 직원에게 차돌 얼큰탕의 안부를 물었다. 하염없이 흔들리는 직원의 동공을 보며 주문 누락을 확신했고 그가 떠나자마자 우리는 악마처럼 낄낄대며 서비스를 기대했다.

역시 직원의 순수한 눈은 거짓말하지 않았다. 누락된 차돌 얼큰탕은 이제야 얼큰해질 준비를 하고 있다고 했다. 대신 마른안주를 서비스로 준다는 말에 우리는 아까와는 달리 한껏 이를 악물었다. 고작 서비스 하나에 마음이 사르르 풀리는 쉬운 모습을 보여주고 싶지 않았기 때문이다. 하지만 사랑과 재채기는 숨길 수 없다고 했던가. 우리는 마른안주가 나오자마자 사랑에 빠졌고 셋 다 선홍빛 잇몸 미소를 짓고 있었다. 때아닌 마른안주 서비스 덕분에 신이 난 우리는 동료들에게 영상통화를 걸었다. 더 이상 희생양 을 찾지 못한 우리는 각자의 팀장님들에게까지 영상통화 를 걸었다. 마치 예비 신랑이라도 되는 듯 수줍게 인사하 며 그들의 소중한 금요일 저녁 시간을 훔치기도 했다.

그렇게 탄탄한 안주에 힘입어 막걸리를 마셔댔다. 우 리는 막걸릿집 영업 종료와 동시에 그곳에서 내뱉어졌다. 나는 문이 닫히는 그 순간까지 사진을 찍어댔는데, 다 먹 은 영수증을 찍는 게 취미기 때문이다. 음식이 나온 것도 아닌데 습관적으로 사진을 찍는 내 모습에 두 88이들은 혀를 찼다. 여의도 환승센터는 명성에 걸맞게 우리 셋의 집으로 갈 버스가 모두 있었다. 안주를 막걸리와 일 대 일 비율로 먹은 탓에 하나도 취하지 않은 우리는 각자의 버스를 타러 뿔뿔이 흩어졌다.

오늘 찍은 사진은 오늘 보내야만 직성이 풀리는 나는 버스에 앉아 흐뭇하게 셀카부터 막걸리와 안주 사진을 복기했다. 마지막 영수증까지. 셋이서 참 많이도 먹었다며 넘기려던 차에 뭔가 이상하다. 분명히 한 병 먹은 송도 막걸리가 두 병 먹은 것으로 되어 있었다. 무려 1만 2천 원이나 하는 막걸리라서 손이 몹시 떨렸다. 성과급 병에 걸렸지만 1만 2천 원에 손이 떨리는 나란 소시민. 마시지 않은 막걸리를 소명할 시간은 오늘뿐이라는 생각에 다급하게 전화를 걸었다. 지긋지긋하게 마감 시간까지 마신 탓에 벌써 가게 문을 닫은 건지 전화를 받지 않았다.

다행히 몇 분 뒤 가게 번호로 다시 전화가 걸려왔다. 고요한 금요일 밤의 버스에서 송도 막걸리 한 병은 우리가 먹지 않았다고 소명하는 나 자신이 조금 부끄러웠지만 90이 막내로서 열심히 설명했다. 직원은 마감 시간에 맞춰 나가신 손님이라 기억한다며 메모를 남겨주겠다고 했다. 전화를 끊고 생각해 보니 사진을 찍지 않았다면 어떻게 되었을까. 휴, 눈 뜨고 막걸리 베이는 세상. 나는 88 언니들에게 송도 막걸리 한 병에 대한 소명을 완료했다고 보고하며 평소 사진 찍는 습관이 얼마나 중요한지 한껏 생색을 냈다.

막걸리를 먹을 때는 누군가의 지갑, 상대방의 혈중알코올농도, 안주 선택도 중요하지만 실내 온도, 화재 가능성, 영수증 확인도 무척이나 중요하다는 것을 몸소 체험한 하루였다. 다 마신 막걸리도 다시 보자. 안 먹은 막걸리가 당신의 영수증에 무임승차했을지도 모른다.

회사에 가기 싫을 때는
- 남의 돈을 빼앗는 나만의 비법 -

인간은 간사하다. 오 년 전, 취준생이자 백수일 때는 어떻게 하면 회사에 갈 수 있을까 고민하느라 밤을 지새웠다. 그리고 지금 나는 어떻게 하면 회사에 안 갈 수 있을지를 진지하게 고민하는 직장인이 되었다. 몇 년 전 정규직 전환형 인턴을 할 때, 모 선배가 이곳만이 답이 아니니까 다른 회사도 잘 알아보라는 정성 어린 충고를 해주었다. 그런데 비정규직 신분이었던 나는 그 말이 그렇게 속상할 수가 없었다. 공교롭게도 인턴을 했던 그 회사에 다니게 되었고, 요즘에는 매년 벌 떼같이 들어오는 인턴들을 보며 다른 회사도 고려해 보라는 말을 해주고 싶은 충동에 시달린다. 그때마다 전형적 꼰대스러움에 스스로 화들짝 놀라지만 아직은 충동에서 멈추는 단계라 다행이다.

회사에 다녀야 할 이유가 백 가지 정도 되었던 스물다섯 살의 나는 회사에 가기 싫은 이유만 백 가지 정도 되는 서른 살이 되었기에 아침마다 특단의 조치가 필요하다. 이제는 어떻게든 회사에 가야만 하는 이유를 만들어내야 하는 것이다.

출근해야 할 첫 번째 이유는 먹을 것이다. 일하러 간다기보다는 먹을 생각으로 출근하는 방법이다. 그래서 나는 매일 아침 지에스25를 지나칠 수 없다. 지에스25는 잠시나마 출근 고통을 달래주는 마약 같은 곳이다. 제일 좋아하는 건 스타벅스 뚱뚱이 라테. 빨대를 꽂아 마시다 보면 다 마실 때쯤 회사에 도착한다. 그게 아니면 간식으로 먹을 2+1 하는 예감이나 집 나간 아이돌도 돌아온다는 극강의 맛 아이돌샌드위치를 산다. 기뻐할 팀원들을 떠올리면 얼른 가서 나눠주고 싶은 기분이 든달까. 하지만 역시 우리 팀에서 주전부리를 제일 좋아하는 사람은 나다. 점심을 먹은 직후부터 다음 날 점심을 고민하는 방법도 좋다. 사무실 근처에 있는 베트남 음식점에서 점심을 먹기로 한 날이면 아침부터 출근이 기다려진다.

두 번째 이유는 약속이다. 인간은 약속에 의해 움직인다고 했었나. 나의 동료이자 영혼의 동반자인 옆자리 언니와 나 사이에는 암묵적인 약속이 있다. 첫 번째 약속은 지하철에서 먼저 내리더라도 역에서 만나 사무실까지 같이 걸어가기다. 그래서 나는 매일 아침 언니를 만나야 한다는 책임감으로 출근을 결심한다. 회사가 가기 싫을 때는, 갑작스레 옆자리 언니가 안 온다고 하면 내 출근길이 얼마나 외로울지 생각해 본다. 그러면 이부자리에서 일어나는 시간을 15초 정도 단축할 수 있다. 그리고 첫 번째 이유인 먹을 것과 두 번째 이유인 약속을 합치면 강력한 시너지 효과가 일어난다. 아침부터 먹을 약속을 잡는 것이다.

"내일 아침 미숫가루 어때?"

더 자고 싶고, 콧물이 나고, 너무 더운 어느 아침에도 어쩔 수 없이 나는 언니와 함께 미숫가루를 마시는 상상을 하며 출근한다. 만약 내가 회사를 빠지면 언니는 존맛탱 미숫가루를 공유할 사람 없는 허전한 출근길을 겪을 것이다.

약속은 휴가를 쓸 때도 존재하는데 일단 오전 반차는 엄격하게 금지한다. 조금 바보스럽지만 함께 점심을 먹어야 하기 때문이다. 점심 메뉴 연구는 우리의 오랜 취미이기 때문에 서로가 없는 점심은 상상할 수도 없다. 그 외에 점심을 거를 수밖에 없는 연차는 최소 삼 일 전에 서로에게 사유를 알려야 한다. 오전 반차가 금지된 탓에 오후 반차를 쓸 생각으로 회사에 가면 밀려드는 일 앞에서 반차를 포기하고 야근까지 할 때도 있다. 마음 맞는 동료와의 약속은 가끔 나를 성실하게 만들어준다.

마지막으로 출근할 수밖에 없는 이유는 역시 돈이다. 회사에서 돈을 주지 않는다면 나는 회사에 가지 않을 것이다. 하지만 카드값 때문에 월급이 마치 비트코인처럼 느껴진 지 꽤 오래되었기 때문에, 정기 급여는 출근에 큰 도움이 되지 않는다. 나를 아침에 눈뜨게 하는 것은 명절 상여라든가 성과급 등등, 정기 급여 외 백만 원 이상의 비정기적인 수입. 그리고 7월은 바로 성과급의 달이다. 조직별 지급률이 발표되자마자, 일하는 척 엑셀을 켜서 가장 먼저 내 성과급을 계산했다. 이번에 우리 부서는 운 좋게 최고 등급 'S'를 받았다. 아아, 직장 생활 오 년 만의 쾌거. 매일 아침 일하기 싫을 때마다 성과급 받을 생각을 하면 출근하고 싶은 마음이 불끈불끈 생겼다. 맛있는 걸 먹는다거나 무언가를 약속하지 않아도 숫자 몇 개만으로도 출근 의지를 불태울 수 있다니 참으로 돈은 신묘한 존재다.

이제 부자가 될 거라는 생각으로 저축을 백만 원으로 늘렸다. 한 번도 월 백만 원의 저축을 한 적이 없는 나는 동료들에게 당분간 '월백'이라고 불러달라고 나댔다. 큰돈은 인간의 상상력을 무한하게 확장한다. 예를 들면 같은 용도의 고가 물건을 상상하게 한다. 3만 원짜리 필립스 드라이기를 쓰는 나에게 몇십만 원짜리 다이슨 드라이기가 눈에 들어오는 현상이다. 그래서 이번 해에는 더 높아진 지급률만큼 상상력이 뭉게뭉게 피어오른 탓에 꿈에서도 다이슨 드라이기로 머리를 말릴 지경이었다. 내가 가장 고수하는 쇼핑 철학이 있다면, '어차피 살 거면 빨리 사자'다. 그런 의미에서 성과급이 나오기도 전에 다이슨 드라이기를 사기로 마음먹었다.

그러나 다이슨 드라이기는 품절의 고수였다. 몇십만 원짜리 드라이기를 사기로 마음먹는 데 걸린 시간만큼을 기다려야 할지도 몰랐다. 아아, 역시 고민은 배송만 늦출 뿐. 내가 어리석었어. 당장 가질 수 없다니 마음이 조급해졌다. 검색 신공으로 그나마 가장 저렴하게 살 방법을 찾아 쇼핑몰 앱을 다운받고 재입고 알림을 세 번이나 반복하기를 여러 번. 다이슨 드라이기는 좀처럼 나타나지 않았고, 나는 재입고 알림 시스템을 의심하기에 이르렀다. 결국 내 취미는 롯데홈쇼핑 앱을 켜서 다이슨 에어랩을 검색하기가 되어버렸는데 그러던 어느 날, 세상에 다이슨 에어랩이 재입고가 된 거였다. 알림보다 빨리 발견한 나 자신 칭찬해!

나는 알파고를 이긴 이세돌 9단의 마음으로 신속하게 결제를 시도했다. 롯데홈쇼핑을 선택한 것은 딱 한 가지 이유에서였는데, 3만 원 할인을 해주기 때문이었다. 그런데 결제하려고 보니 일시불 할인이었다. 생각 없이 이것저것 사기는 해도 맵고 짠 통장 잔고 때문에 할부에 기대어 살아온 지난날들. 그러나 지금은 일시불이 아니라면 선택의 여지가 없다. 행여나 품절될까 봐 서둘러 구매했다. 다이슨 에어랩이 만들어낸 강제 일시불의 길. 결제는 지금의 내가 아닌 한 달 후의 내가 할 것이기에 애써 미래의 나를 모른 척하고 사이코패스처럼 에어랩이 오기만을 기다렸다.

어떤 소망은 결핍에서 온다. 머리카락이 얇고 파마도 잘 안 먹히는 나는 일곱 살 때부터 서른 살 때까지 한결같이 볼륨감 있는 웨이브를 꿈꿔왔다. 그리고 그 소망이 다이슨을 만났을 때, 다이슨이 성과급을 만났을 때 이뤄지는 것이다. 이제는 비싸디비싼 미용실 회원권과는 굿바이다. 미용실은 주기적으로 가야 하지만 다이슨은 한 번 사면 그걸로 지출은 끝이니까. 사실 그렇게 따지면 거저잖아! 다이슨은 나를 구원할 운명의 드라이기다. 직장 생활 첫 S를 맞은 나에게 주는 n번째 선물. 저축도 백만 원으로 늘렸는데 뭐가 문제야? 놀랍게도 다이슨은 하루 만에 도착했다.

돈의 힘은 대단했다. 성가신 아침 출근을 결심하게 하는 것뿐만 아니라 퇴근하고 돌아와서 머리를 감는 것이 하나도 귀찮지 않았다. 밤 10시에 머리를 말리며 나는 돈이 좋다는 걸 새삼 깨달았다. 세상에 머리가 이렇게 빨리 마르는 거였나. 드라이하는 게 이렇게 재밌는 거였나. 다이슨 에어랩은 여러 가지 툴로 스타일링을 할 수 있는 드라이기인데, 어떤 툴은 손에 익지 않아 당장 사용하기는 어려웠지만 드라이 툴만큼은 능숙하게 사용할 수 있었다. 양천구 공식 똥손인 탓에 에어랩을 사고도 굴비처럼 바라만 볼까 하는 걱정으로 지새운 밤들을 떠올리며 감격의 눈물을 흘렸다. 뜨거운 바람 3초, 차가운 바람 3초면 열 손상

없는 스타일링이 가능하다.

　다이슨을 사고 나서는 회사에 가야 할 이유가 하나 더 생겼다. 아침에 재밌는 드라이를 할 수 있기 때문이다. 회사에서 남의 돈을 빼앗는 일이 쉽지는 않지만 남에게 뺏은 돈으로 가치 있는 재화를 살 때가 가장 짜릿하다. 오늘도 나의 고민은 내일 아침에 뭘 마실까, 점심은 뭘 먹을까, 어렵게 뺏은 돈으로 뭘 살까 정도다. 회사에 가기 싫을 때는 단순하게 생각해야 한다. 먹을 것과 돈만 생각하자.

미친,
오늘도
너무 잘 샀잖아

장기근속의 꿈

- 장기근속자에게는 새로운 신발이 필요하다 -

작은 꿈이 있다. 작은 꿈이라고 해서 이루기 쉬운 꿈인가 하면 그런 건 아니다. 나의 작은 꿈은 장기근속의 꿈이기 때문이다. 회사를 다니는 일은 말처럼 쉬운 일이 아니기에 장기근속의 꿈은 작지만 까다로운 꿈이라고 할 수 있겠다. 그러나 이 꿈은 회사를 위해 헌신하겠다거나 사회 발전에 이바지하겠다는 원대한 포부 때문은 아니다. 슬프게도 돈 때문이다. 지난 오 년간 나는 회사의 오 년 미만 단기근속자로 재직해 왔다. 단기근속자와 장기근속자의 차이는 월급이다. 단기근속자에게는 단기근속 수당이 지급되지 않지만 장기근속자에게는 장기근속 수당이 지급된다.

그래서 오랫동안 장기근속 수당이 지급되는 시기가 되기만을 기다렸고, 드디어 그때가 왔다. 우리 회사에서 장기근속 수당은 익숙함에 속아 소중함을 잃은 수당 중 하나다. 처음 지급될 때 이후로는 2만 원씩 찔끔찔끔 오르기 때문이다. 하지만 처음 지급될 때는 다르다. 0원에서 7만 원으로 인상 폭이 가장 크다. 게다가 장기근속 수당은 보수 규정에서 정의하는 통상임금에도 포함된다. 아아, 이 얼마나 아름다운 수당이란 말인가. 통상임금이 오른다는 건 시간외수당이 오른다는 뜻이다. 시간당 단가가 높아질 나를 떠올리며 또 다른 상상을 했다.

매달 7만 원씩 더 준다니 도저히 가만있을 수가 없었다. 물론 장기근속 수당을 일찍부터 받는 동기들도 있었다. 대부분 군 경력이 있는 오빠들이었다. 하지만 오 년 전의 나는 군대와는 전혀 상관없는 이십 대였을 뿐. 그렇게 성실하게 꼬박 오 년을 기다려 받게 된 장기근속 수당. 그간의 회사 생활을 떠올리니 눈물이 앞을 가렸다. 나는 회사에 다니는 동안 내 물건에 이름 쓰는 습관과 쉽게 분노하는 포악한 성격, 식당 전화번호 수집 능력, 건배사 걱정을 얻는 등 사소한 변화를 겪었다.

험난했던 시간을 되짚어 보니 결심이 선다. 장기근속 수당을 알차게 쓰려면 사무실에 투자해야 한다. 회사에서 일 잘하는 사람은 어떤 도구를 써도 상관없다. 그러나 평소에 쇼핑을 잘하는 사람은 도구 핑계가 필요하다. 그래서 나는 근무지를 옮기면서 수십 개의 사무실 친구들을 돈으로 불러 모았다. 그 종류로는 모니터받침대, 인체공학 무선마우스, 블루라이트 차단 안경부터 데스크 오거나이저, 데스크 3단 서랍, 거울, 대일밴드, 소화제, 까스활명수까지 다양했다. 모든 것이 갖춰져야 일을 잘할 수 있다는 그럴듯한 핑계하에 시작한 쇼핑이었다. 그 외에도 여름용 슬리퍼와 겨울용 털 슬리퍼 친구가 있는데 발이 편해야 일하는 손도 편하다는, 즉 내 손과 발은 한배를 탔다는 '손발한배설'에서 비롯한 친구들이었다.

하지만 여름 슬리퍼 친구는 나같이 발볼이 넓은 250에게는 큰 기쁨을 주지 못했다. 발볼이 조금 꼈고 생각보다 밑창에 폭신함이 없었다. 하지만 그마저도 일 년 전에 새로 구매한 친구였기에 사치스러워 보일까 봐 착화감이 마음에 안 든다고 다시 살 수 없었다. 그러나 그것은 이제 옛말. 여름 슬리퍼 친구는 오 년 미만 단기근속자의 슬리퍼

일 뿐이다. 재직 기간 오 년에 빛나는 장기근속자에게는 새로운 슬리퍼가 필요하다는 것을 깨친 나는 한여름 아스팔트보다 더 뜨겁게 끓고 있었다.

좋아. 장기근속 수당은 사무실 슬리퍼에 투자한다. 수당은 다음 달부터 나오지만 미리 사는 것은 얼른 받아서 여름에 차질 없이 신어야 하기 때문이다. 그리고 나의 쇼핑 철학 1번. 어차피 살 거면 빨리 사자(빨리 사서 즐기자)와 부합하기 때문이다. 말도 안 되는 핑계를 대며, 깊고 깊은 인터넷 바다에서 장기근속 슬리퍼를 찾아 헤맸다. 팍팍한 사무실에서 그저 신기만 해도 마치 집에 온 것 같은 안락함을 주는 그런 슬리퍼를 사고 싶었다. 인터넷 쇼핑의 단점은 직접 신어볼 수 없다는 것. 장점은 후기를 읽어볼 수 있다는 것. 오랜 검색 끝에 한 가지만 빼고 적합한 슬리퍼를 찾아냈다. 부적합한 것은 바로 가격. 정가가 무려 10만 원이 넘었다.

사무실 슬리퍼로 10만 원을 쓰는 것은 오 년 장기근속자에게는 과하다. 10만 원짜리는 십 년 장기근속자가 되면 사자고 어른스럽게 다짐했지만 쉽게 잊을 수 없었다. 슬리퍼 때문에 일을 못 할 것 같은 착각에 사로잡혔다. 사랑에도 쇼핑에도 미련만 가득한 나. 결국 수많은 시뮬레이션 끝에 네이버 중복할인 쿠폰을 낚아채 9만 원대로 만들었다. 수당은 7만 원, 슬리퍼는 9만 원. 딱 2만 원이 모자란다. 바로 그 순간 며칠 전 급여 외 계좌로 입금된 출장비 2만 원이 불현듯 스쳐 지나간다. 아아, 하느님 감사합니다. 출장 결재해 주신 처장님 특히 감사합니다. 그렇게 나는 수당과 출장비를 합쳐 이른바 장기근속 슬리퍼를 샀다. 결제하려고 보니 과거의 나 덕분에 쌓인 적립금으로 무려 8만 원대에 살 수 있었다. 역시 쇼핑은 많이 하고 봐야 해!

가장 고민한 점은 사무실에서 신을 슬리퍼에 5만 원 이상을 투자하는 게 정당한가라는 근본적 의문이었다. 하지만 네이버 쇼핑은 나에게 길을 터주었다. 나 말고 다른 장기근속자들이 "사무실에서 신으려고 샀어요", "참하네요" 같은 리얼한 후기를 남겨주었기 때문이다. 그래서 나도 장기근속 선배들에 힘입어 당당히 슬리퍼를 구매했다. 장기근속 슬리퍼는 묘하게 어른스러운 구석이 있었다. 이름은 '근속이'로 지었다. 회사 슬리퍼에 5만 원 이상을 투자하는 것은 옳은가. 적어도 나의 경우는 옳았다. 출근해서 근속이로 갈아 신을 때 뿌듯해서 일할 맛이 나고, 점심 먹을 때

신고 나가도 손색없는 만능템이기 때문이다. 집에서 신고 온 신발 밑창이 덜렁댄다거나, 구두 굽이 떨어져도 근속이만 있으면 걱정 뚝. 시크하게 근속이를 신고 집으로 가면 된다.

근속이를 산 건 회사 덕분이고 또 열심히 회사에 다닌 내 덕분이지만, 이제는 근속이 덕분에 잘 다니고 있다. 수당이 9만 원으로 오르는 오 년 후는 우리 근속이가 장기근속자가 되는 날이다. 은근히 그날이 기다려진다.

작가의 냉면

- 돈이란 존재는 나를 성실하고 책임감 있는
사람으로 만들어준다 -

하늘이 무너져도 솟아날 구멍은 있다는 말은 진짜다. 왜 진짜냐면 5월의 나는 카드값을 갚을 생각에 막막했는데 하늘에서 돈이 뚝 떨어졌기 때문이다. 과연 뭘 사고 다녔기에 카드값이 폭발했는지 잘 기억이 나질 않는다. 사고 나면 마치 처음부터 가졌던 양 뻔뻔해지는 게 쇼핑의 정석 아닌가. 5월의 기억은 모든 게 지워지고 딱 한 가지만 남아 있다. 무려 내 주제에 계약이라는 걸 했다. 평소처럼 무위도식하며 십오 년 된 에이스 침대에서 미동도 없이 누워서 핸드폰을 하던 어느 날 밤이었다. 뜬금없이 메일로 출간 제의가 도착했다는 알림이 왔다.

브런치에 이메일 주소를 올려둔 것은 사실이지만 그건

어떤 가능성을 염두에 둔 행동은 아니었다. 예를 들면 작년 겨울부터 중고나라에 비싸게 올려둔 철 지난 겨울 패딩 같은 거였다. 같은 값이면 다홍치마라는 속담에서도 알 수 있듯 몇백 년 전 운명한 조상님이 살아 돌아와도 패딩은 안 팔린다. 마치 손님 없는 보세 옷가게에 삼 년째 걸려만 있는 트레이닝복과 같은 운명. 그리고 그 운명을 비웃기라도 하듯 별다른 기대 없이 걸어둔 메일로 날아든 희소식.

엥? 뭐야 스팸인가? 근데 생각보다 메일 내용이 너무 진지했다. 단 몇 문장으로 1분 만에 설레기까지 했다. 그렇지만 여기서 갑자기 들뜨면 촌스러워 보이니까 나는 침착하게 친구들 중 가장 초연한 두 명에게 캡처해서 보냈다. 늘 어떤 이유에서인지 들뜨고, 어딘가에 혹해서 돈을 펑펑 쓰는 나와 달리 웬만해선 돈이 새지 않는 오랜 두 친구 간디와 삼중에게. 흔치 않은 관심에 흥분해서 바로 메일 답장이라도 하면 큰일이기 때문이다.

참고로 이 별명은 중학교 때 지은 우리만의 스님식 별명이다. 당시 나의 별명은 효봉이었다. 간디와 삼중은 효봉의 날벼락 같은 계약 소식에도 섭섭할 만큼 전혀 놀라지 않으며 얼른 연락이나 해보라고 했다. 계약 전에는 인세가

198
미친,
오늘도
너무 잘 샀잖아

몇 퍼센트인지 꼭 확인해야 하며, 어른이라면 아무 데나 함부로 사인하지 말라는 말을 덧붙이며. 그 와중에 친구들이 원하는 건 단 한 가지였는데 계약하면 술을 살 것, 그것뿐이었다.

아무래도 몰카인 것 같다는 생각과는 달리 내 몸뚱이는 잽싸게 출판사로 향했다. 혹시라도 상대 마음이 변할까 불안해하며. 그 불안감은 출판사라고 안내받은 모 건물 5층에 가자마자 극대화되었다. 그 어디에도 출판사라는 글씨가 없었기 때문이다. 아아, 역시 몰카였구나…. 내 주제에 출간할 꿈을 꾸다니 참 요망도 하지, 하고 잠깐 체념하는 사이 갑자기 문이 열렸다. 문 앞에 시시티브이라도 있는 걸까! 걱정과는 달리 그곳은 정말 출판사가 맞았고, 몇 주 뒤 나는 정말 출간 계약을 했다.

그리고 생애 첫 계약서를 손에 받아 든 지 얼마 되지도 않아 덜컥 계약금이 입금되었다. 보통 사람이라면, 이 돈을 묶어두고 생애 첫 출간 계약의 기쁨을 누릴 것이다. 하지만 나는 당장 카드값이 급했다. 그래서 계약금 일부를 내 신용도를 쌓는 데 썼다. 돈은 없는 주제에 양심은 있는 바람에 고작 카드값에 계약금을 쓰는 것이 너무 쓰레기 같다고 털어놓자 옆자리 언니가 조언을 주었다. 7월에 성과급이 들어오면 바로 다시 채울 것. 뭐야 뭐야, 천재인가? 현명한 제안을 해준 언니가 고마워서 점심을 샀다. 이름하여 작가의 냉면. 작가의 냉면을 시키면 작가의 만두는 덤이다.

그날, 냉면과 만두를 사 먹을 때 단지 포만감만을 구매한 것은 아니었다. 머릿속에서 떠다니는 생각을 글로 써서 돈을 벌다니. 새삼 내가 너무 대단하게 느껴졌다. 역시 쇼핑도 오래 하고 볼 일이야. 쇼핑이 아니었다면 글을 쓰지 못했을 것이기 때문이다. 그런데 신나게 돈을 쓰고 그 기세로 글을 쓰다 그 덕에 출간 계약까지 한 마당에 막상 사고 싶은 게 없었다. 그것은 과거의 내가 너무 질러댄 탓에 카드값 갚을 걱정에서 비롯한 것이기도 했다. 그렇게 계약금은 카드값 결제, 연금보험 납부, 주택청약 등 지루하게만 소비되어 갔다.

지난날의 왕성한 물욕 덕분에 계약금은 딱히 새로운 걸 사지 않아도 카드값을 내고 작가의 식사를 대접하는 선에서 금방 동날 판이었다. 문제는 통장 잔고는 줄어만 가는데 도무지 글이 써지지 않는다는 거였다. 나 같은 게 출

미친,
오늘도
너무 잘 샀잖아

간을 하다니 말이나 되는 일인가. 책을 낸다면 곧 죽음을 맞이할 이 시대의 나무들에게 명복을 빌어줄 수나 있을까? 일관성이라고는 꾸준히 돈 쓰는 일밖에 없는 이야기로 나무들을 살해해도 되는 걸까? 그렇게 한참 동안 내가 아닌 나무를 걱정했다.

아니 근데 내가 나무를 나보다 사랑했던가? 음, 절대 아니다. 자본주의 사회의 현대인으로서 나에게 아낌없이 소비하는 방식으로 나에 대한 사랑을 듬뿍 표현하고 있다. 그러나 애석하게도 나무를 위해 소비한 적은 없다. 나무에게는 미안하지만 확실히 나무보다 나를 사랑하는 것 같다는 이기적인 생각으로 다시 용기를 내어 글을 써보기로 했다. 용기를 내는 것은 쉽지만 글을 쓰는 건 역시 쉽지 않았다. 한동안 괴상한 작가 병에 걸려 있기도 했다. 작가 병이란 내 주변의 모든 것에 '작가의'라는 수식어를 붙이는 병이다. 평소에 자주 먹는 레모네이드는 이제 작가의 레모네이드가 되고, 새로 산 청치마는 작가의 청치마가 되는 매직. 뭘 해도 새로우며 뭘 사도 괜찮은 핑계가 된다는 장점이 있다.

그러나 작가 병의 숨겨진 증상은 진짜 작가들 앞에서

한없이 작아진다는 점이다. 수많은 베스트셀러 작가뿐만 아니라 브런치북 수상 작가들의 글을 읽을 때마다 나무의 목숨을 걸고 글을 써보겠다던 비장한 용기가 연기처럼 사라지곤 했다. 대단한 글을 써보겠다는 욕심은 결국 아무것도 쓰지 못하게 했다. 아무것도 쓰지 않은 채로 나의 부족함을 드러내기 싫은 마음이 계속되었다. 그러나 불현듯 계약금을 벌써 탕진한 것과 계약서에 정자로 사인한 것이 떠올랐다. 계약서에 사인도 하고 계약금도 다 써버린 나에게는 선택지가 없었다. 글 쓰는 옵션만이 존재할 뿐. 역시 이번에도 돈이란 존재는 나를 성실하고 책임감 있는 사람으로 만들어주었다.

계약금을 허투루 흘려보내고 누워서 예능을 정주행하던 지난날의 과오를 떠올리며 매일 밤 참회의 글을 썼다. 나는 글을 쓰면서 딱 한 가지 장벽에 부딪혔는데 소재의 문제도 아니요 시간도 아니었으니 그건 바로 관심이었다. 나는 적어도 육 개월 이상은 걸릴 출간까지 참을 수 없는 인내심의 소유자였던 것이다. '좋아요'나 댓글이 없는 글쓰기는 나에게 마치 오아시스 하나 없는 사막과도 같았다. 독자들의 반응이 너무 궁금해 말라 죽을 지경이었다.

결국 댓글이 너무 고픈 나머지, 몇 편째 글을 쓰던 어느 날 브런치 업로드를 결심한다. 책에만 실릴지도 모르는 미공개 원고를 관심 몇 점을 위해 덜컥 올려버린 것이다.

역시 나는 아무런 반응 없이도 글을 척척 써내는 (듯한) 진정한 작가가 되려면 멀었나 보다. 그런데 백 명 정도만 봐줘도 좋을 것 같던 내 글이 갑자기 포털사이트에 소개되면서 조회수가 기하급수적으로 올라갔다. 하, 진작 올릴걸. 브런치 조회수 알림을 띄워둔 핸드폰을 소중히 품에 안고 일도 하고 밥도 먹고 똥도 쌌다. 조회수 이즈 마이 라이프. 한동안 글을 올리지 않아 지지부진하던 구독자도 늘었다. 안 올렸으면 어쩔 뻔. 글쓰기에서 모처럼 느끼는 성취감이었다. 조회수가 오르고 댓글이 달려야 으쓱하는 내 모습이 싫지만 기쁜 속내를 감출 길이 없었다.

고작 내가 작가냐는 작존감(작가 자존감)이 떨어질 때의 행동 매뉴얼을 얻은 나는 오늘도 야금야금 글을 쓴다. 작가의 아이템을 산다거나, 계약금이 잠깐 들렀다 나간 텅 빈 계좌를 조회한다거나, 몰래 브런치에 글을 올리는 방식으로 마음을 다듬으며. 아무쪼록 첫 책이 무사히 완성되어 작가의 쇼핑을 하는 날이 쭉 이어졌으면 한다.

냉장고를 믿지 마세요
- 어느 냉장고 소시민의 호소문 -

회사에는 두 종류의 사람이 있다. 냉장고를 믿는 사람과 믿지 않는 사람. 처음부터 냉장고를 의심하는 사람은 없다. 그런 사람일수록 냉장고를 깊게 믿었던 사람일 가능성이 높다. 정확히 말하자면 냉장고를 의심할 생각조차 못한 사람이다. 바로 나처럼.

하루는 먹다 남은 빵을 냉장고에 넣어두고 홀랑 까먹은 적이 있다. 애석하게도 그 빵이 다시 생각났을 때는 썩고도 남았을 때쯤이었다. 죄책감에 냉장고를 열고 실눈을 뜬 채 썩은 빵을 찾아 헤맸다. 빵이 없었다. 흔적도 없이 사라졌다. 빵에 발이 달린 것도 아니고, 상했을 수도 있는데

대체 누가 먹다 남은 빵을 먹은 거지? 그날 이후로 먹다 남은 우유나 빵에 꼬박꼬박 이름을 쓰는 습관이 생겼다.

그러나 이름을 쓴 후로도 냉장고의 비극은 계속되었다. 심지어 앞뒤로 이름을 썼는데도. 내 몫의 빵은 자주 남의 입으로 들어갔다. 어째서 남의 빵을 자기 것인 양 천연덕스럽게 먹는 것인가. 그러면서도 나는 냉장고에 음식을 넣기만 하면 기억이 삭제되는 주제에 빵을 잃어버렸다고 화를 내는 것이 정당한지 고민하느라 며칠을 보냈다. 몇 달 후, 회사 냉장고를 바꾸면서 혼란은 더욱더 가중되었다. 음식들이 짧게는 일 개월에서 길게는 일 년 이상 냉장고에서 썩은 채로 있었기 때문이다. 아, 냉장고에 무자비하게 음식을 보관하며 썩는 줄도 모르는 사람이 나쁜가, 이름까지 써둔 남의 음식을 먹는 사람이 나쁜가. 도대체 인간은 왜 이리도 복잡한가.

여름이 되면 냉장고의 비극은 또 다른 방식으로 나타난다. 일단 회사에서는 여름에 제일 먼저 냉동실을 여는 사람이 되어서는 안 된다. 아무런 의심 없이 얼음을 넣었다가는 겨우내 묵은 냉동실 맛 아이스커피를 마시는 불상사에 빠지기 때문이다. 얼음에 초연한 자들은 대개 여름에

미친,
오늘도
너무 잘 살았아

도 긴팔을 입고 다니는 사람들인데, 5월부터 샌들을 신는 나는 늘 얼음에 연연하는 사람이다. 제일 먼저 얼음 틀을 닦고, 겨울의 물이 아닌 여름의 물을 넣어 얼음을 만드는 것은 나 같은 사람의 몫이다. 얼음에 목숨 거는 사람들이 제일 무서워하는 일은 다름 아닌 얼음 틀과 얼음통이 비는 것이다. 한여름에만 등장한다는 얼음악질은 얼음만 부숴 먹고 물을 채워두지 않는 사람을 가리킨다. 이 악질들의 특징은 자기 먹을 얼음만 중요하고 다음 사람의 얼음은 전혀 고려하지 않는다는 점이다.

얼음악질들이 지나간 자리에는 오로지 빈 얼음통과 얼음 틀만 있을 뿐이다. 선량한 얼음시민은 그 광경을 목격할 때마다 분노가 치밀어 오른다. 큰 소리로 "이 피도 얼음도 없는 이 얼음악질들아!" 하고 외치고 싶어진다. 보통은 다른 틀에서 얼음을 꺼내고 얼음악질이 외면한 틀에도 곱게 물을 채워두지만, 가끔은 5퍼센트의 확률로 못 본 척한다. 제일 먼저 이 불행을 시작한 첫 번째 얼음악질이 진정 얼음을 원할 때 못 먹게 하려는 심보다. 더럽고 치사한 얼음 복수는 대개 선량한 얼음시민의 피해로 돌아가지만 불같은 얼음 복수심은 그게 아니면 잠재울 방법이 없다.

냉장고는 믿을 사람 하나도 없다는 혹독한 사회에서 제일 믿어서는 안 되는 기계다. 냉장고는 불신의 상징이자 양심의 거울이며 비극의 시작이다. 사회생활을 막 시작하는 사람이 있다면, 이렇게 말해주고 싶다.

부디 회사에서는 냉장고를 믿지 마세요. 냉장고를 조금이나마 알게 되어서 900원짜리 우유랑 빵에 구차하게 이름을 적게 되더라도, 상황이 달라질 거라고 기대하지 마세요. 기명식 간식이라도 먹을 사람은 다 먹어요. 믿을 사람 하나없는 이 혹독한 사회에서는 냉장고를 제일 조심하세요.

이모티콘 월드컵

- 이모티콘 개똥철학 -

이모티콘이란 무엇인가. 카카오톡 이모티콘이 유료라는 소식을 처음 들었을 때의 기분이 아직도 생생하다. 그건 마치 내적 친분 120퍼센트의 인친(a.k.a. 인스타 친구)이 돌연 어디에도 없는 구성이라며 공구를 선언했을 때의 기분이랄까? 영원히 같이 살 줄 알았던 혈육이 결혼할 때의 기분이랄까? 섭섭해하면 안 될 것 같지만 왠지 모를 거리감에 남몰래 섭섭해했더랬다. 하지만 역시 인생에 공짜는 없다. 나는 문자가 유료이던 시절로 돌아가는 것보다는 그나마 이모티콘이 유료인 게 낫다는 사실을 금세 깨쳤다. 그리고 얼마 되지 않아 '귀염둥이 베이비푸'라는 이모티콘을 선물로 받았는데, 소문난 덕후였던 나에게는 디즈니 친구들을 카톡에서 만나는 점이 혁신적으로 느껴졌다. 디즈니 친구들을 단돈 2천 500원이면 볼 수 있었다. 그러나 그때는 무형의 이모티콘보다 유형의 참치 주먹밥이 더 유용한 대학생이었기에 흥청망청 살 수는 없었다.

디즈니 친구들은 참 귀여웠지만 쓸 때마다 마음에 걸리는 부분이 많았다. '그림문자'라는 이모티콘의 어원에 걸맞지 않게 글자가 난입하는 경우가 많았기 때문이다. 예를 들면 무기력한 표정의 이요르 옆에는 "우울해"라는 말이 있었고, 토라진 피글렛 옆에는 "미워!"("칫!", "뿡!"은 덤)라고 표시되어 있었다. 그중 가장 견디기 어려운 건 사이좋아 보이는 푸와 이요르 옆의 "깨물어주고싶어! 앙~"이라는 멘트였다. 아니 글자 대신 그림으로 표현하기 위해서 이모티콘을 쓰는 게 아니었던가! 이모티콘이 비언어적 표현임을 망각한 디즈니 친구들의 모습은 어쩐지 조금 부담스러웠다. 미안한 표정을 짓는 푸우 옆에는 "미안해♥ 용서해 줄 거지?"라는 글자가 있었으므로 미안하기는 하지만 딱히 용서를 구하고 싶지 않은 상황에서는 쓸 수 없게 되었다.

이를 교훈 삼아 오래 쓸 이모티콘을 고르는 지극히 개

미친,
오늘도
너무 잘 샀잖아

인적인 기준을 만들어보았다. 역시 제일 중요한 것은 글자 유무다. 아무리 귀여운 캐릭터라도 글자가 많으면 사지 않는다. 이모티콘에 언어 표현이 들어가면 활용 범위가 줄어들기 때문이다. 그런 점에서 말장난스러운 이모티콘도 피하는 편이다. 예를 들면 울면서 "나한테 왜 고래?"라고 말하는 '고래' 이모티콘 같은 경우인데 이런 건 정말 나한테 왜 그러느냐고 묻는 상황에서만 쓸 수 있다. 하지만 물음표나 느낌표 같은 문장부호나 ㅋ과 ㅎ 같은 자음은 직접 치는 대신 쓸 수 있기 때문에 유용하다.

다음으로 대화에 지장을 주는 이모티콘은 사지 않는다. 크기가 지나치게 크다거나, 상대방에게 불쾌감을 줄 수 있는 이모티콘은 결국 안 쓰게 된다. 대화방의 절반 이상을 채우는 이모티콘은 연속해서 두 번 쓰다 보면 대화 흐름이 끊어진다. 결국 이모티콘도 카톡 말풍선 정도의 면적을 차지해야 부담 없이 대화를 이어나갈 수 있다. 취미는 이모티콘 고르기요, 특기는 이모티콘 사기인 나는 얼마 전에 신박한 비둘기를 발견하고 사려고 했다. 그런데 친구들 중 단 한 명도 허락해 주지 않았다. 이유는 비둘기가 징그럽다는 것 딱 하나였다. 비둘기에 대한 사회 인식(?)이 좋지 않다 보니 의도와는 다르게 상대방이 불쾌감을 느낄 수도 있겠다는 생각이 들어서 사지 않았다. 그 외에도 하얀 배경이 있다거나(초창기 이모티콘은 대부분 하얀 배경 안에 캐릭터가 있는 구조였다) 캐릭터가 너무 작게 나오는 이모티콘, 흔한 스타일은 구매하지 않는 편이다.

몹시 까탈스러운 척했지만 사실 나는 이모티콘이 오조오억 개 있다. 분별없이 산 탓에 몇 번 써보지도 못한 것이 대다수지만 그럼에도 지갑을 열게 하는 이모티콘은 대개 희로애락을 잘 표현하는 이모티콘이다. 웃고, 화내고, 울고, 신나는 표정이 잘 드러난 이모티콘들은 어떤 상황에서도 쓰기 좋다. 직장인 이모티콘도 종종 나오는데 몇 번 사보고 깨달은 것은 우리 회사는 업무적으로 카톡을 할 일이 별로 없다는 거였다. 회사 단톡방에서는 박수 치는 친구랑 고개 숙여 인사하는 친구 두 개만 있으면 된다. 나머지 감정 표현은 평소에 쓰던 걸로 커버 가능.

이모티콘 시장이 커지면서 점점 비슷한 캐릭터가 많이 나와 요새는 토끼나 곰, 고양이 같은 동물은 조금 식상해졌다. 그래서 선호하는 건 어딘지 모르게 색다른 캐릭터가 주접을 떠는 이모티콘이다. 예를 들면 너무 격렬하게 껴안은 나머지 두 동강이 난 꿀떡이나 화가 나면 볼이 부푸는 개구리, 조개춤을 추는 개복치 같은 것들이다. 그리고 가장 중요한 건 현란하게 움직여야 한다. 움직이는 이모티콘이 나온 이후로 움직이지 않는 이모티콘을 사는 건 상상하기 어려워졌다. 이건 사실 당연한 일이다. 삼선짬뽕을 먹고 나면 그냥 짬뽕으로 돌아갈 수 없는 이치와도 같다.

이모티콘을 가장 경제적으로 쓰는 방법은 사실 정해져 있다. 안 사면 된다. 하지만 이 시대의 소비 요정인 나에게는 눈에 흙이 들어가도 안 사는 방법은 없기에 자투리 시간이 날 때마다 이모티콘 월드컵을 치른다. 최근에는 거북이, 당근, 하루살이, 기니피그가 준결승에 올랐는데 결국 당근이 우승했다. 이모티콘 구매에서 최종 원칙은 딱 하나라도 마음을 울려야 한다는 것. 서른 개가 다 무난한 이모티콘보다는 필살기 한 개가 중요하다. 당근의 필살기는 메롱메롱 뿡뿡이었다. 무려 엉덩이춤을 추면서 방귀를 뀌는 재주가 있었다.

이번에도 마음에 쏙 들었다. 아아, 도대체 이모티콘이란 무엇인가. 잘 모르겠다. 기준은 기준이고 그냥 내 눈에만 예쁘면 된다. 그렇게 오늘도 글자 없고, 적당한 크기에 불쾌하지 않은, 희로애락이 잘 드러난, 움직이는 이모티콘을 샀다. 다음 이모티콘 월드컵도 곧 열릴 예정이다. 돈 쓰는 일이 이렇게 어렵다.

점심이란 무엇인가

- 점심을 위한 업무냐, 업무를 위한 점심이냐 -

직장인에게 점심이란 무엇인가. 직장인의 자율성은 점심 메뉴에 대한 선택권 유무로 판단할 수 있다. 칼국수를 사랑하는 사람을 단번에 싫어하게 만들려면 어떤 방법이 좋을까. 그것은 바로 칼국수를 좋아하는 상사를 점지하는 것이다. 여기서 '칼국수를 좋아하다'의 정의는 주 2회 이상 섭취하는 것을 말한다. 그런 상사와 함께라면 칼국수를 진심으로 미워하기까지 걸리는 시간은 일주일이면 충분하다. 급체와 소화불량은 덤이요, 칼국수를 먹고 싶을 때만 먹는 것이 얼마나 큰 축복인가에 대한 교훈도 얻을 수 있다.

직장에서 우리는 자주 불행해진다. 졸려서, 배가 고파

서, 일이 많아서, 오늘 회식이라서, 집에 가고 싶어서 등등. 누구나 내키지 않는 월요일 아침, 일하기 싫다는 부정적인 말을 끊임없이 내뱉는 것보다 오늘 점심에 뭘 먹을지 고민하는 것이 더 효율적이라고 믿는다. 그렇게 나는 삶의 질 향상과 동기 부여를 위해 옆자리 언니와 함께 매일 출근하기 전부터 점심 메뉴를 고심한다. 기쁜 것은 다행히도 이제는 메뉴를 선택할 자유가 있다는 것이고 슬픈 것은 선택지가 많지 않다는 것이다. 나의 직장 영등포는 퇴근하고 에어팟을 바로 살 수 있을 정도의 번화가지만 아쉽게도 그 번화가는 우리 사무실과는 다소 거리가 있다.

직장인에게 시간은 금이다. 우리는 번화가까지 걸어갈 시간 여유가 없다. 그나마 가까운 구내식당은 늘 불만족스럽다. 메뉴는 항상 바뀌는데 왜 양념 맛은 바뀌지 않는가. 내 혀가 알아차릴 정도로 메뉴를 바꿔줬으면 좋겠다는 욕심이 들 때쯤 구내식당을 포기했다. 그렇게 시작한 점심 외식의 길. 한식, 중식, 일식, 분식 통틀어 열 개도 채 되지 않는 열악한 현실 속에서 우리 입맛을 사로잡은 것은 한식도 중식도 아닌 제삼국의 음식. 바로 베트남 음식이었다. 무엇보다 큰 장점은 사무실에서 걸어갈 수 있다는 것과 쌀국수를 싫어하는 나에게 팟타이 혹은 볶음밥이라는 선택지가 있다는 것. 과연 명당 중의 명당이 아닐 수 없다.

식당은 '베트남 공원식당'이라는 이름에 걸맞게 영등포 공원 앞에 있는데 그곳에서 점심을 먹을 때면 하루에 맛있는 한 끼를 먹는 일이 이렇게 중요하다는 것을 새삼 오열하며 깨닫는다. 갓 나온 팟타이를 입에 넣는 그 순간만큼은 급체를 유발하는 안 읽은 메일 더미도, 미처 접수 못 한 공문도, 끈질기게 울려대는 전화벨 소리도 안녕이다. 그때만큼은 내 기분 마치 다낭(아직 다낭에 가본 적은 없다). 계란과 새우, 오징어, 양파가 마음껏 뛰어노는 팟타이는 특유의 고소함과 끈적함 그리고 매콤하고 달달한 끝맛으로 우리를 유혹한다. 팟타이에 맞서는 가장 큰 라이벌은 단연 쌀국수다. 그냥 소고기 국물 또는 얼큰한 소고기 국물을 고를 수 있는데, 특히 해장이 필요한 자들에게 인기가 많다. 양도 어찌나 많은지 여자 둘이 먹어도 될 정도다.

하지만 종종 대표 메뉴인 팟타이도 쌀국수도 고르지 않는 사람이 있다. 그건 바로 나 같은 사람이다. 종종 베트남식 바게트 샌드위치인 반미를 시킬 때가 있는데, 반미는 계란과 돼지고기 두 종류다. 365일 중 200일은 방문하는 사람으로서 이곳은 반미의 생명인 바삭함과 알찬 속 재료, 두 마리 토끼를 잡았다고 자신 있게 말할 수 있다. 종류는 두 개지만 나에게는 큰 의미가 없다. 믹스 반미를 시키면 계란에 돼지고기까지 듬뿍 넣어주기 때문이다. 욕심쟁이를 위한 메뉴로 강력 추천한다. 나는 어렸을 때부터 비계를 돌같이 여겼는데 여기서 믹스 반미를 자신 있게 선택하는 것은 돼지고기 토핑에 비계가 하나도 없기 때문이다.

반미 토핑으로 비계가 부적합한 건 샌드위치를 먹을 때 이빨로 끊어지지 않는 음식 재료는 재앙이나 다름없기 때문이다. 샌드위치 종류의 음식을 먹을 때 앞니로 아무리 끊어도 끊어지지 않는, 마치 질긴 냉면 같은 비계 때문에 울며 겨자 먹기로 주요 토핑을 한꺼번에 먹고 빵만 남긴 쓰라린 기억이 누구에게나 있을 것이다. 그러나 우리의 베트남 공원식당에서는 이 모든 것을 완벽하게 해결해 준다.

게다가 알 수 없는 구린 냄새가 나는 베트남식 양념도 풍미를 살려준다. 처음에는 어색했지만 이제는 그 냄새가 안 나면 진짜 베트남 요리라고 믿을 수 없는 지경에 이르렀다. 최근에는 같은 식당에서 배달까지 도전하면서 사무실에서도 즐기게 되었는데, 타 부서 사람들의 반응에 의아한 적이 한두 번이 아니다. 보통은 "아니 이런 음식을 배달시켜 먹는단 말이야?" 하는 반응인데, 김치찌개보다 베트남 음식을 자주 먹는 우리로서는 이해할 수가 없다.

점심 메뉴 선택권이 있는 자에게도 어려운 시간은 온다. 그날은 바로 화요일이다. 화요일은 다름 아닌 베트남 공원식당이 문 닫는 날이다. 그럴 때면 우리는 쓰린 마음을 진정하며 자연스레 배달 앱을 켜서 멕시칸 타코를 시킨다. 부리또볼과 샐러드, 나초와 치즈소스도 잊지 않는다. 사무실은 어느덧 도심 속의 베트남 혹은 멕시코로 희석된다. 팟타이나 타코를 먹으러 간다고 생각하면 출근도 그리 어려운 일은 아니다. 늘어만 가는 식비에 허리가 휘지만 한 끼 식사가 주는 마약 같은 행복감을 놓칠 수는 없다.

맛난 점심을 위해서는 돈이 필요하고, 돈을 위해서라면 역시 업무도 게을리할 수는 없다. 점심을 위한 업무냐, 업무를 위한 점심이냐. 오늘도 여전히 점심과 업무는 기민하게 자리를 바꾸며 나를 채찍질한다.

완벽한 아이디를 만나는
가장 확실한 방법

- 즐겜뚱뚱이와 해킹 시뮬레이션 -

성격이 급한 사람들은 꼭 나중에 후회한다. 후회는 되돌릴 수 없을 때 가장 뼈저리게 느낄 수 있는데 특히 아이디나 닉네임을 만들 때가 그렇다. 나의 첫 버디 아이디는 '후니분분'이었다. 경솔함 그 자체였다. 알 수 없는 이유로 좋아하는 가수 이름과 분분을 합친 것으로, 당시의 나는 빛나고 아름다운 것에 매료되던 초6이었다. 괴상한 조합의 외계어에도 성이 차지 않던 나는 최후 수단으로 양옆에 까만 별을 갖다 붙여 '★후니분분★'이라는 아이디를 완성했다. 한글을 너무 파괴한 탓일까. 친구들은 자꾸만 이게 무슨 뜻이냐고 했고, 중학생이 되니 그게 좀 부끄러워서 다른 아이디를 가지고 싶었다. 한창 한심하다는 말에 빠져 살던 나는 몇 분 만에 새 아이디를 만들었다. 두 번째 아이디는 '한심스테이크'였다. 역시나 경솔한 선택이었다.

'한심스테이크'라는 아이디는 꽤나 직관적이었기에 친구들은 더 이상 무슨 뜻이냐고 묻지 않았다. 이제는 내 아이디가 너무 파악된 것이 문제였다. 기껏 만들어놓고 한심해 보일까 봐 후회했다. 중2병에 걸린 나는 시크한 아이디가 갖고 싶었다. 당시 꽂혀 있던 영어 이름으로 바꾸기로 했고, 물결 표시를 붙여 간결하게 마무리했다. 앞으로도 이런 세련된 아이디로만 살아갈 거라고 속단했다. 하지만 성격이 급한 탓에, 신중하지 못한 탓에 또다시 실수를 저지르고야 만다. 한가롭게 등을 긁으며 메이플스토리 닉네임을 정하던 방학의 어느 날이었다.

친구 오빠는 자신은 '살인비둘기', 친구는 '살인갈매기', 너는 '살인기러기'가 어떠냐고 했다. 타인과의 소속감을 가장 중요시하는 사춘기 소녀였던 나는 고민할 것도 없이 흔쾌히 수락했다. 살인기러기로 살아가는 건 개꿀잼 그 자체였다. 살인갈매기랑 주황버섯도 잡고, 요정도 만나고, 요정이 가져오라는 유리 구두를 찾고, 그래서 사흘 동안 파이어보어라는 멧돼지만 팬 적도 있었다. 메이플은 인생

게임이었다. 대학교에 가서도 잊지 못하고 대학 친구와 다시 그 게임을 시작했다. 남몰래 살인을 저지른, 경솔한 닉네임을 반성하며 이번에는 제대로 짓겠다고 다짐했다. 하지만 애석하게도 그때는 뚱뚱이라는 애칭에 꽂혀 있었고 앞에 두 글자를 붙여 '알바뚱뚱이', '입학뚱뚱이'로 나를 표현하곤 했다.

닉네임이고 뭐고 얼른 게임이나 하고 싶은 나머지 나는 또다시 생각 없이 게임을 잘 즐기자는 안일한 마음으로 '즐겜뚱뚱이'라는 캐릭터를 만들었다. 긍정적 네이밍에 힘입어 포악한 살인기러기의 삶은 금방 잊었다. 즐겜뚱뚱이는 이름값이라도 하듯 메이플 세상 이곳저곳을 안빈낙도하고 있었다. 게다가 대학생이 되고 나서 가장 좋은 점은 현질을 할 수 있다는 거였다. 이른바 문상(문화 상품권)은 메이플 세계에는 없어선 안 될 존재였다. 나는 돈이 없어 안빈낙도밖에 모르는 즐겜뚱뚱이에게 주지육림을 알려주고 싶었다. 시도 때도 없이 문상을 긁어 캐시템을 풀장착하고 캐릭터 빨을 세우던 나는 예나 지금이나 돈 아까운 줄 모르는 인간이었다. 서툰 목수가 연장을 탓한다고 어느 순간부터 대미지가 시원찮은 즐겜뚱뚱이가 안쓰러웠다. 그래,

더 즐기게 해주자. 결국 게임에 눈먼 나는 아이템베이에 접속해 만 원을 현질하기에 이른다.

현실 돈 만 원으로는 메이플 화폐인 메소를 꽤 많이 살 수 있었다. 나는 부자가 되자마자 즐뚱이를 위해 공노목을 샀다. 공노목이란 공격력 옵션이 추가된 노가다 목장갑이었다. 내 공노목으로 말할 것 같으면 업그레이드 횟수도 한참이나 남아 있고 공격력도 +10이나 되는, 상급 장갑이었다. 공노목 획득의 기쁨도 잠시, 잠깐 중간고사를 보고 온 사이에 나는 충격적인 광경을 마주한다. 평소 옷가지와 액세서리로 장비 창이 남아나지 않던 즐뚱이가 글쎄 빡빡머리가 되어서 홀딱 벗고 있는 거였다. 메이플 세계에서 빡빡 홀라당이 의미하는 바는 바로 해킹이다. 게임계의 사형 선고. 해커들은 돈이나 아이템보다 즐뚱이의 존엄성을 제일 먼저 훔쳐갔다. 다 벗은 캐릭터를 본 계정주를 패닉에 빠뜨리는 해커들의 수치심 전략. 정신을 차리고 나면 메소와 장비, 주문서 등 온갖 귀중품을 그들이 다 쌔벼갔다는 사실을 깨닫는다.

중간고사 끝나고 메이플 달릴 생각에 얼마나 기뻤는데 해킹이라니. 혼잡한 시장통에 잡고 있던 아이 손이라도 놓친 것처럼 나는 그만 이성을 잃고 메이플 고객센터에 전화를 걸었다. 분명히 머리를 빡빡 깎고 옷 한 점 없는 그런 광경을 목격한 사람이 나 말고도 더 있으리라. 수년간의 쇼핑몰 배송문의 상담으로 다져진 전화 실력이 드디어 빛을 발하리라. 즐뚱이를 잃은 나를 가로막을 자는 없었다. 자동 음성안내에 따라 번호를 몇 번 이어 누르니 상담원이 연결되었다.

"네, 고객님 무엇을 도와드릴까요? 상담원 갹뿡뿡입니다."

나는 나의 어려운 사정을 미주알고주알 다 말했다. 그렇지만 현질을 했다고 하면 넥슨에 잡혀갈까 봐 그 부분만 빼고 아주 억울하게 말했다. 그러나 상담원은 어떤 애도의 표현도 없이 되물었다.

"네, 고객님. 이용하시는 서버 이름과 닉네임 말씀해 주시겠습니까?"

그래그래 서버를 알아야 처리가 되겠지. 난 베라 서버다. 아 저는 베라 섭…. 순간 말문이 턱 막힌다. "아니 저기 닉네임도 말해야 되나요?" 미쳤다. 과거의 내가 싫어졌다. 이제는 해킹이 중요하지 않다. 전화기 속 선생님에게 죽어도 내 닉네임을 들키고 싶지 않았다. 아니 내가 내 입으로 베라 서버의 '즐겜뚱뚱이'라 밝히는 건 해킹보다 더 가혹하다. 그러나 상담원 선생님은 이런 실랑이도 한두 번이 아니라는 듯 일체의 당황스러움도 없이,

"네 고객님, 죄송합니다만 서버와 닉네임 말씀해 주셔야 정확히 확인 가능하십니다."

"아, 네… 저는 베라 서버…. 베라 섭… 푸흑."

"네 고객님 베라 서버 말씀이십니까?"

"네… 제가 베라 서버… 베라… 베라 서버 크흐흐흐흡… 큭. 즈흘… 쩸… 큽. 뚱뚱이 큭크크…."

"네… 흡… 고객님. 베라 서버 큽. 즐께헴. 흡, 뚱뚱히님, 맞으십니깍?"

"넥. 제가… 크흐흑… 베라 서버 즐. 큽… 큭큭큭큭… 쩸… 뚱뚱히익. 큭큭."

솔직히 그다음 상담 내용은 전혀 기억나지 않는다. 오래전에 기억 속에서 지워진 것 같다. 충격을 받으면 기억상실증이 오는 것과 같은 이치다. 나의 귀엽고 안쓰러운 즐겜뚱뚱이는 결국 도둑맞은 메소와 노가다 목장갑을 찾지 못했고, 나 또한 대학생씩이나 되어서 또다시 현질을 할 한심스테이크는 아니었기에 그렇게 게임을 접었다. 그

리고 닉네임을 만들 때는 고객센터에 전화할 때도 당당할 수 있는가를 크게 고민하며 만들게 되었다. 일단 뚱뚱이라는 이름은 너무 위험하다. 난데없이 수치심을 선물받기에 적합한 이름이다. 그래서 블로그를 개설했을 때, 닉네임 만들기에 아주 많은 시간을 할애했다. 간결하게 '뚱이'로 지었다. 귀여운 느낌은 그대로 살리고 정체성도 잃지 않는, 고민한 흔적이 보이는 그런 이름. 하지만 뚱이란 이름은 스폰지밥의 친구와 동명이인인 데다가 너무 흔해서 금방 질렸다. 그러던 어느 날, 우연히 브런치라는 글쓰기 플랫폼을 만났다. 이번에는 정말 신중해야만 했다. '뚱'이란 글자에서 벗어날 절호의 기회였다.

브런치에서는 승인된 작가만 글을 발행하는 줄도 모르고 친구를 괴롭혀 가며 이름을 지었다. 호들갑 떨수록 망할 것 같은 불길한 예감은 가볍게 무시. 작가는 이름 따라가는 거라며, 이름이 좋아야 글도 잘 써진다는 핑계를 대며. 그러던 와중 '새삼스럽게', '새삼스러운'이라는 말이 생각났다. 당장 새삼이라는 이름이 갖고 싶었다. 다행히 제정신이었던 친구는 너무 구리다고 새삼 작가라고 불리는 네 모습을 상상해 보라며 안절부절못했다. 하지만 그럴수록 이 좋은 이름을 누가 채 가기 전에 얼른 쓰고 싶어서 작가 신청도 안 한 주제에 작가명을 확정해 버렸다. 작가명뿐만 아니라 도메인도 정했다. 도메인은 'birdthree'였는데, 그때 나는 되지도 않은 작가 뽕에 취해 있었고 시간은 새벽 1시였다.

그로부터 삼 일 후, 갑자기 브런치 작가가 되었다고 축하한다는 메일이 왔다. 기쁜 마음도 잠시였다. 곧 아연실색했다. 아니 안 될 거라고 생각은 안 했지만 이렇게 빨리 작가가 될 줄이야? 그제야 오랜 후회의 역사를 돌아보며 같은 실수를 반복했음을 깨달았다. 아아, 10세도 아니고 새쓰리가 웬 말인가. 이거 구려도 보통 구린 게 아니다. 자고 일어난 후에 접하는 지지지난밤의 나는 참으로 무책임했다. 아무리 글을 써도 고대 그리스 시시포스의 형벌처럼 birdthree라는 글자가 굴러떨어져 글을 망칠 것만 같았다. 안 돼. 이대로라면 작가 인생은 끝이야. 글 한 편 없는 주제에 비장한 각오로 고심에 고심을 거듭했다.

아무래도 애정이 있는 대상으로 하고 싶었다. 요즘 내가 제일 좋아하는 건…. 순면! 빚이 빚을 부르고 거짓말이 거짓말을 부르듯, 나는 땀이 땀을 부른다는 것을 아는 어엿한 성인이다. 그래서 땀 흡수가 안 되는 폴리나 레이온 소재는 극혐한다. birdthree의 교훈은 대단했다. 의류 소재로서의 순면은 좋지만 작가 이름으로서의 순면에 대해서는 좀 더 신중하기로 했다. 혹시라도 브런치 계정을 해킹당한다면, 전화로 아… 그게… 영어 소문자고요. b-i-r-d-t-h-r-e-e, 그러니까 '벌드쓰리'요, 하고 말해야 할 날이 올지도 모른다.

그렇다. 평소같이 조급했다면 난 순면 작가가 되었을 것이다. 하지만 새쓰리가 선사한 강력한 수치스러움은 좀 더 고급진 어감을 찾아내게 했다. 나는 가장 손쉬운 방법으로 순면을 영어로 바꾼 후 코튼 작가가 되었다.

글을 쓰면서 잠깐 상상만 했는데도 순면 작가로 불리는 건 아주 아찔하다. 벌써부터 기죽는 기분. 하지만 수많은 실패들(후니분분, 한심스테이크, 즐겜뚱뚱이, 새삼과 birdthree)를 거쳐서일까? '코튼'이라는 가장 최근의 닉네임은 몹시 자랑스럽다. 누가 뭐래도 스토리텔링도 완벽하고, 입에도 짝짝 붙는다고 생각한다. 혹여나 해킹을 당해도 문제없다. 고객센터에도 당당할 수 있다. 머릿속으로 해킹 시뮬레이션을 돌려본다. 작가명은 코튼이고요, 도메인은 c-o-t-to-n-1-0-0이에요. 오케이, 아주 훌륭해.

지금 당장 생각나는 아이디가 있을 때, 그 아이디를 누군가 낙점해 버릴 것 같아 애가 탈 때 딱 한 가지만 체크하도록 하자. 당당하게 고객센터에 통성명할 수 있는지를. 즉, 해킹 시뮬레이션에서도 훌륭한지 말이다. 그것만 체크한다면 누구나 완벽한 아이디를 만난다.

미친,
오늘도
너무 잘 살잖아

대가 없는 선의란 존재하는가

- 착한 마음은 다 옳다 -

대가 없는 선의란 존재하는가. 적어도 나에게는 존재하지 않는다. 착한 일을 하고서 한 톨의 대가도 바라지 않은 날이 별로 없기 때문이다. 회사에서 가급적 친절하게 전화를 받는 건 사실 빨리 끊기 위해서다. 좋아하는 애한테 장갑을 빌려줬던 건 그 핑계로 한 번 더 만나고 싶어서였다. 좋아요와 댓글을 남발하는 건 그만큼 좋아요랑 댓글을 좋아하기 때문이다. 친구 생일 선물을 고르는 데 내 생일에 대한 기대가 없을 수는 없다. 농부들이 일 년 동안 농작물을 키운다면, 나는 일 년 동안 생일자를 키워낸다. 그 농사는 매년 10월 30일에 시작되는데 내 생일이 10월 29일이기 때문이다. 10월 30일부터 다음 해 10월 28일까지 나는 부단히 노력하는 생일형 인간이다.

고객 만족 백 퍼센트의 생일 선물을 위해서는 친구를 완벽하게 파악해야만 한다. 직장이나 집 근처에 제일 가까운 편의점은 어디인지, 추위를 많이 타는지 아닌지, 치킨은 교촌인지 네네인지 등등. 오로지 나의 행복만을 위해 뿌려 둔 생일의 씨앗은 마침내 10월 29일에 만개한다. 그렇지만 생일 당일에는 너무 들뜨지 않도록 주의해야 한다. 일 년 동안 생일만 기다려왔다는 걸 들킬 수도 있기 때문이다. 옷도 화려한 원피스보다는 평소에 입던 니트와 청바지 정도가 좋다. 불가피한 사유가 아니라면 휴가도 금물이다. 생일날 받는 축하는 많으면 많을수록 좋기 때문이다.

초연한 농부의 모습으로 우리 팀에서 지난 일 년간 여섯 번의 촛불을 붙이고 나서야 나는 드디어 일곱 번째 초를 부는 영광의 주인공이 되었다. 생일날 아침, 밀려드는 축하 메시지에 기뻐하는 사이 아주 이상한 선물이 도착했다. 며칠 전 생일이었던 지인이 보내온 선물이었다. 그 지인에게 선물은커녕 제대로 된 축하 메시지조차 보내지 못했던 터라 나는 아주 당황하고 말았다. 말하자면 생일 농사의 '농' 자도 모르는 사람이 보낸 선물이었다. 그러니까 그건 대가를 바라지 않는 선의였다. 일 년 중에 364일 대가를 바라며 살아온 내가 몹시도 부끄러웠지만 선물은 받아야 하기에 부지런히 배송지를 입력했다.

이 상황에서 생일 선물을 소급하는 건 삼류다. 인생은 '기브 앤 테이크'라며 선의를 베푸는 순간부터 대가를 바라온 수많은 날이 삼류처럼 느껴질 것이다. 식은땀이 났다. 고민 끝에 약속을 잡았다. 대가 없는 선의를 베푼 지인에게 아무것도 아닌 날 받는 선물의 즐거움을 선사할 참이었다. 향기로운 선물은 고래도 춤추게 한다. 약속 장소인 연남동에 가기 전 홍대 러쉬에 들르기로 했다. 러쉬에 한번 가본 사람은 주변에 러쉬 매장이 있다는 걸 코가 있다면 충분히 알아차릴 수 있다. 반경 500미터 안에 비누 냄새가 진동하기 때문이다.

그러나 홍대 러쉬는 코 하나로는 찾을 수 없었다. 치킨과 다코야끼, 닭꼬치와 슈크림빵의 강력한 향기는 비누 흔적을 지우기에 충분했다. 그중에서도 닭꼬치 냄새가 제일 강렬했다. 비누 가게의 경쟁사가 닭꼬치집이라니,라는 생각을 하면서 러쉬에 들어섰다. 탈색모에 단발머리를 한 직원이 접근해 왔다. 말로는 선물을 사러 왔다면서 자꾸 내 취향을 이야기하니까 단발머리 직원은 혼란스러운 듯했다. 솔직하게 친구 선물도 사고 내 선물도 사고 싶다고 말하자 직원의 눈이 반짝였다. 수많은 비누와 샴푸 친구들을 굳이 하나씩 코에 대보는 나 같은 고객을 너끈하게 상대하는 강적이었다.

난생처음 본 단발머리 직원과 러쉬 몇 바퀴를 돌고 난 후 사과 향 바디숍과 로션을 구매했다. 날 위한 선물과 친구를 위한 선물을 따로 담아주는 센스도 잊지 않았다. 계산을 마치고 나가려는데 그 직원이 아직 성에 안 찼는지 향수를 좋아하느냐고 물었다. 바디숍 냄새를 그렇게 맡아대는 주제에 향수를 안 좋아할 리 없는 나는 여기서 향수도 파느냐고 명동점에서만 파는 거 아니냐고 되물었다. 직원은 벌컥 화를 내며 아니 도대체 어디서 그러느냐고 명동점에서 그러느냐며 여기 홍대점도 향수가 많다고 했다. 사실 그건 러쉬 인스타그램에서 새로 론칭한 향수를 사려면 명동점으로 가라고 해서지만 혼날까 봐 말하지 못했다. 대신 얌전히 향수 설명을 들었다.

상큼한 향기를 좋아한다는 나에게 무려 향수 열 가지

를 선보였다. 순식간에 시향지가 화투 패처럼 줄줄이 늘어났다. 계산을 마쳤는데도 또다시 영업을 당한 건 처음이었다. 왠지 모를 책임감에 지치지 않고 계속 맡았다. 지치지 않는 내 모습에 직원은 희망을 느꼈는지 더 친절해졌다. 그러니까 이건 대가 있는 선의였다. 대가 없는 선의를 베푼 자를 위해 들른 선물 가게에는 대가를 바라는 선의로 가득 차 있었다. 마음에 드는 향수는 죄다 대용량만 나오며, 가격은 28만 원이었다. 따뜻하지도 않고 겨우 향기롭기만 한 주제에 겨우내 입을 따뜻한 코트인 척하는 향수값 앞에서 나는, 미안하지만 선의를 외면해야겠다고 마음먹었다.

직원은 또 다른 향수를 가리키며 자기도 샀다고 했지만 나는 믿지 않았다. 러쉬에서 일하면 향수를 안 사고도 마구 뿌릴 수 있을 것 같았기 때문이다. 아무리 생각해도 내 통장에는 코트랑 패딩 자리는 있지만 향수가 비집고 들어갈 틈은 없다. 아쉽지만 선을 그었다. 상여금 받으면 올게요, 했더니 직원은 "어떡해" 하면서 짧게 탄식했다. 그러나 곧 지지 않고 그 상여는 언제 나오느냐고 물었다. 명절 상여니까 1월 아니겠느냐는 내 말에 꼭 1월에 다시 보자고 했다. 이러고 명동점에 가서 향수 사면 안 된다는 당부도 잊지 않았다.

같이 냄새를 맡으며 왠지 끈끈해져 버린 단발머리 직원에게서 이제는 좀 돌아서려는데 또다시 붙잡는다. 오늘 친구랑 좋은 하루 되시라고 향수를 좀 뿌려주겠다는 거였다. 하필이면 내가 찜한 고가의 향수였다. 향수 좀 팔아본 사람처럼 머리카락 끝과 코트 소매에 정성스레 향수를 뿌려주었다. 그 순간 '미용사의 남편'이라는 괴상한 향수 이름이 각인되어 버렸다. 직원의 계략대로 친구를 만나 고개를 흔들 때마다 미용사의 남편 냄새가 진동했고 집에 가는 길에 안 입는 코트를 팔아 향수를 살 궁리를 했다.

대가 없는 선의란 존재하는가. 대가 없는 선의가 있다면 대가를 바라는 선의는 나쁜 것인가. 생일을 챙기지 않은 자에게 기꺼이 선물하는 자의 마음도, 향수를 사지 않은 자에게 향수를 뿌려주는 마음 둘 다 좋아서 나는 그냥 착한 마음이라면 다 좋아하기로 했다. 아무것도 바라지 않는 악의라든가 의도적인 나쁜 마음을 생각하니 마음이 오스스하다. 그러니까 대가가 있든 없든 착한 마음은 다 옳은 것이다.

내 마음의 옥탑방

- 친구라서 참 다행인 친구 -

K의 표정은 항상 나를 고민하게 했다. 나는 버릇처럼 옆
자리에 앉은 K한테 "화났어?" 하고 묻곤 했는데 그건 정말
그때마다 K가 화나 보였기 때문이다. 그럴 때마다 K는, 오
늘도 학교 앞 지하철역 에스컬레이터가 고장 났다는 소식
을 들었을 때보다 더 황당해하면서 전혀 아니라고 말했다.
그럼 나는 또 궁금증을 참지 못하고 물었다. "근데 표정이
왜 그래?" 그럼 K는 나만큼이나 궁금해하면서 되물었다.
"내 표정이 어떤데?"

K의 표정은 수업을 시작할 때나, 밥을 먹을 때나, 더울
때나 추울 때나, 심지어 졸릴 때에도 큰 변화가 없었다. K

는 대학교에서 처음 사귄 친구였다. 무표정한 K와 소심한 내가 친구가 된 건 소설 때문이었다. 대학교가 고등학교와 다른 점은 더 이상 가나다순으로 조를 짜지 않아도 된다는 것이었다. 현대문학 수업에서 K와 나는 같은 소설을 골라서 같은 조가 되었다. 이름이 ㅇ으로 시작하는 내가, ㅅ이나 ㅈ이 아닌 ㄱ으로 시작하는 사람과 같은 조가 되었다는 게 어색했다. 대학생은 모든 걸 혼자 결정해야 했고 그만한 책임이 따랐다. 가정통신문을 나눠주는 담임 선생님은 더 이상 없었다.

시간표는 어떻게 짤 건지, 수업 중에 화장실을 갈지 말지, 2학년 때 무슨 과를 갈지, 옷을 뭘 입고 점심은 뭘 먹을 건지 등 매일매일이 선택의 연속이었다. 내 선택에 따라 달라지는 하루가 대학생의 특권 같아서 신났지만 불안하기도 했다. 확신이 없었기 때문이다. 과연 내 선택이 옳은 걸까. 이 날씨에 얇은 티만 입기는 좀 그런데 위에 뭘 더 걸쳐야 할까. 고민 없이 교복을 입던 시절이 그리우면서도 촌스럽게 느껴졌고, 돌아가고 싶지만 이제는 다시 돌아갈 수 없는 게 내심 다행이기도 했다.

K와 내가 고른 건 <내 마음의 옥탑방>이라는 소설이

었다. 말이 소설이었지 책이라곤 하나도 안 읽던 나에게는 암호에 가까웠다. 그런 내가 과제를 할 수 있었던 건 순전히 K 덕분이었다. K는 신입생답지 않게 소설 분석도 잘하고, 피피티도 잘 만들고, 발표도 자기가 한다고 했다. 전혀 떨지 않는 것 같은, 말하자면 교수님 같은 얼굴로 발표를 마무리했다. 무표정으로 질문도 잘 받아쳤다. 소설을 써서 대학에 들어왔다는 K가 꼭 선배 같았다.

중간고사가 끝나고 K와 냉면을 먹으러 갔다. 시험 이야기는 하지 말자고 했지만 생각처럼 잘 안 되었다. 결국 나는 냉면집에서 《누가 커트 코베인을 죽였는가》라는 소설책을 "누가 커트 코베인을 죽였을까?"라고 잘못 쓴 걸 알게 되었다. 심지어 K가 고쳐주기 전까지 틀린지도 몰랐다. 작가를 모욕한 것 같아서 미안해하는데 별안간 K가 깔깔 웃음을 터뜨렸다. 물음표는 왜 쓴 거냐고 놀려댔다. 포커페이스인 K를 웃겼다는 게 치명적인 감점 위기에서도 왠지 모를 자신감을 주었다. 무표정을 상쇄하는 K의 웃음이 뿌듯해서 나는 그 이후부터 K를 웃기는 데 골몰했다. K는 내 개그에 생각보다 잘 웃었다. 내가 이렇게 웃긴 애인지 전혀 몰랐다고 했다. 그즈음 K와 나에게는 똑같은 목표가 생겼는데 국문과 진학이었다.

K는 얼굴만 무표정했을 뿐 꽤 다정한 애였다. 냉면집에서도 주문을 도맡았을 뿐만 아니라 내 비빔냉면을 먼저 잘라주기까지 했다. 사실 다른 친구와 먼저 그 냉면집에 간 적 있는데 그때는 냉면을 왜 그렇게 못 자르느냐고 구박받았다. 그뿐이랴. 목소리가 작아서 냉면집 이모한테도 계속 외면당했다. 그날은 냉면도 못 자르는 내가 바보처럼 느껴졌는데 K는 그런 의미에서 냉면집의 지음이었다. 우리는 냉면 케미가 좀 괜찮았다. 친해진 건 소설 때문이 아니라 냉면 때문일지도 모른다. 그날 내가 바보 같았던 점은 커트 코베인 문제를 틀렸다는 것, 딱 하나뿐이었다.

학과를 가르는 것은 학점이었다. 커트 코베인 같은 어이없는 범실은 1학년 1학기 내내 계속되었고 첫 학점은 3을 넘지 못했다. 반면 K는 만점인 4.3에 가까운 학점을 받았다. 고등학교 때는 나보다 성적 좋은 친구들을 질투했는데 이번에는 아니었다. K와 명백히 달라질 나의 앞날이 걱정되었다. K가 국문과에 당당하게 들어갈 때, 나는 원하던 과에 진학 못 한 패잔병이 되어 마음 안 맞는 친구에게 고작 냉면으로 구박받는 신세가 또 될 것 같았다. 2학년이 된

K가 다른 친구들에게 둘러싸여 날 모른 척하는 악몽을 여러 번 꾸었다. 절망적이었다.

지나치게 현실적인 꿈 덕분인지 2학기 학점은 3을 훌쩍 넘겨 나름 안정권이 되었다. 우리는 원하는 대로 국문인이 되었다. K는 늘 무표정했지만 표정과 다르게 행동하는 건 늘 비슷했다. 새 카디건을 몰래 입고 간 언니에 대한 분노로 울면서 학교에 간 날, K는 수업 시간 내내 만화를 그렸다. 모험 끝에 개구리가 도둑맞은 카디건을 되찾는다는 내용이었다. 나와는 달리 학점 욕심도 많은 애가 수업을 뒷전으로 한 점과, 만화 속 개구리가 귀엽다는 점 두 가지 때문에 복수심에 불타던 마음이 금세 누그러졌다.

K는 그런 친구였다. 냉면을 못 자르거나, 학점이 형편없거나, 고작 카디건 하나로 울어도 그럴 수 있다고 생각해 주는 친구. 그런 K가 잘 모르는 건 학교 밖에 있었다. 예를 들면 좋아하는 사람의 마음 같은 것. 우리는 소설을 분석하듯 기꺼이 서로의 짝사랑 상대를 분석했다. 그러려면 카톡도 잘 알아야 했다. 내가 상대를 저장 안 했을 때 추천 친구에 뜨는지 안 뜨는지, 전화번호를 삭제해도 지워지지 않는 카톡 친구는 어떻게 삭제해야 하는지, 차단한 사람에

게는 정말 메시지가 가지 않는지, 뭐 그런 시시한 것들이 이십 대 초반이었던 우리에게는 국문과를 가는 것만큼이나 중요했다. 이상하게 나는 소설 제목은 자주 틀려도 그런 건 절대 까먹지 않았다.

K에게 나는 웃음 특채였고 카톡 전문가였다. 그 당시 나는 축구공처럼 차이기만 한다고 해서 축구공 클럽 회원이었고, 그건 카톡을 연구하기에 최적의 조건이었다. 우리는 여전히 좋아하는 사람의 마음을 알아내기 위해 시뮬레이션도 서슴지 않았다. 원한다면 서로 잠깐 차단해 줄 수도 있었다. 그런 방식으로 많은 것을 알아냈다. 안다고 해서 사랑에 도움이 된 건 아니지만 알아내기는 알아냈다. 다행히 훗날 K는 장기 연애에 돌입하면서 차단 같은 건 확인하지 않아도 되는 사람이 되었다. 하지만 축구공인 나는 달랐는데, K는 옛정을 생각해서 언제든지 자기를 이용하라고 했다.

취하면 생각나는 사람한테 전화하는 버릇이 있다. 그날도 비슷한 날이었는데 신호가 딱 한 번 울린 후 돌연 소리샘으로 연결되었다. 취한 와중에도 차단이라면 신호가 아예 안 갈 텐데, 하는 애꿎은 의문을 가지고 K에게 카톡을 했다. K는 영문도 모른 채 내가 하라는 대로 방해금지 모드를 하기도 하고 나를 차단하기도 했다. 결국 우리는 신호가 한 번은 가는 것으로 보아 차단이 아니라 방해금지 모드인 것 같다는 결론을 내리고 단잠에 빠졌다. 다음 날 K는 나한테 욕을 했다. 사실 K의 입은 좀 거친 편이었는데 나는 그게 우정에서 우러나온다고 생각했다(졸업할 때쯤에는 K가 욕을 안 하면 서운해했다). K는 이 새끼를 어떡하면 좋으냐고, 차단이냐 방해금지 모드냐가 무슨 상관이냐며 그런 사람한테 전화하지 말고 이제부터 그럴 때마다 자기한테 전화하라고 했다.

다짐을 믿지 않는다. 절대 실수하지 말아야지 하면 실수하게 되는 것처럼 절대 전화하지 말아야지 하면 또 전화하게 된다. 회식 날, 소주로 연거푸 달리고 집에 가는 길에 이상한 용기가 샘솟았다. 아아, 술은 왜 쓸데없는 용기를 심어주는가. 이번에는 신호조차 가지 않았다. 차단을 직감하며 쓰린 가슴으로 K에게 전화를 걸었다. 힘들 때면 언제든 전화하라던 K가 참 고마웠다. 전화를 받으면 "야! 나 드디어 차단당했다!" 하고 고래고래 소리 지를 셈이었다. 근데 이상했다. 분명 K에게 전화를 걸었는데… 신호가 가지 않았다. 단 한 번의 '뚜르르'도 없이 전화를 받을 수 없다는 말만 되풀이되었다. 울먹이며 너도 나 차단했느냐고 카톡을 보내고 침대에 쓰러져 그대로 잠이 들었다.

다음 날 아침, K는 무슨 소리냐더니 여전히 차단된 내 연락처의 캡처와 "ㅋㅋㅋㅋㅋㅋㅋㅋㅋㅋ" 메시지를 여러 개 보내왔다. 몇 주 전 사랑의(?) 차단 시뮬레이션을 하고 차단을 안 푼 거였다. 나는 도대체 차단해 놓고 전화하라는 건 무슨 심보냐고 분통을 터뜨렸다. 더 슬픈 건 그 카톡을 하는 와중에도 내 번호는 여전히 차단되어 있었다는 사실이다. 술이 준 쓸데없는 용기 덕분에 나는 한 사람도 아니고 두 사람한테나 차단당했다는 뜻밖의 사실을 알게 되었다. K는 너무 빨리 들켰다면서 너스레를 떨었고 나는 그날 이후부터 습관적으로 차단했느냐고 묻게 되었다. 간밤의 더블 차단 소동으로 나는 아이폰 방해금지 모드는 신호가 한 번 가고 수신차단은 신호가 아예 안 간다는 것, 방해금지 모드는 부재중 전화가 남고 수신차단은 아무것도 안 남는다는 것을 몸소 깨달았다.

매사에 긍정적인 나는 배알도 없이 그래도 차단한 거면 부재중 전화는 안 뜨니까 그게 참 다행이라고 말했다.

K는 별게 다 다행이라고 한 번만 더 그러면 손을 분질러 버리겠다고 했다. K에게는 말 안 했지만 갑자기 다행인 게 또 하나 생각났다. 그건 바로 K랑 내가 친구라는 사실이다. 친구라면 헤어질 일도 없고, 진짜로 차단할 일도 없으니까 말이다. 술을 마시고 저지른 일에 대해서는 생각하지 않기로 했다. 어차피 엎질러진 물은 되돌릴 수 없으니까. 대신 술 먹고 바보짓을 해도 그러려니 해주는 친구가 있다는 것을 생각하기로 했다. 내 친구 K는 그런 애니까.

양말을 좋아하는 이유

- 누구에게나 공평한 행복 -

세상 사람이 양말을 좋아하는 이유에는 여러 가지가 있겠지만, 내가 양말을 좋아하는 이유는 딱 하나다. 양말은 공평한 행복을 주기 때문이다. 중학생 때 가장 많이 받은 생일 선물은 양말이었다. 단돈 천 원으로 살 수 있는 것 중에서 양말보다 오래가고, 유용하며 따뜻한 선물을 찾기는 힘들다. 신을 때마다 친구한테 생색낼 수도 있고, 최신 캐릭터 양말이라면 동급생들의 관심을 끌 수도 있다. 그래서 나는 중학생 신분으로 가장 부담 없는 선물은 단연컨대 양말이라고 생각한다.

대학생 때는 양말을 사는 것이 취미였다. 여대 앞이라

그런지, 중국인 관광객이 많아서 그런지 이상하게 양말 가게가 많았다. 학교 앞에서 파는 양말은 아무리 비싸도 3천 원을 넘지 않았다. 게다가 여러 켤레 사면 천 원을 빼주는 집도 있었다. 그럴 때면 친구는 소녀시대 제시카와 유리 얼굴이 박힌 양말을 여러 개 사고, 나는 곰돌이 푸니 피글렛이니 하는 캐릭터 양말을 주워 담았다. 우리는 그렇게 아낀 양말 한 켤레 값으로 사이좋게 학관 자판기에서 데자와를 뽑아 수업에 가곤 했다.

졸업하고 나서도 우연히 학교 근처에 가면 꼭 양말을 샀다. 달라진 게 있다면 남자 양말도 여러 켤레 샀다는 것. 대학생 때는 내 양말 세 켤레를 사면 아빠 양말 한 켤레를 샀다. 당시 나는 아빠가 내준 등록금의 가치를 모르는 철없는 불효녀였다. 아빠 발보다는 내 발이 세 배는 중요한 대학 시절이었다. 직장인이 되고 나서는 내 양말을 세 켤레 사면 아빠 것은 그보다 한 켤레 더해서 네 켤레를 샀다. 기껏해야 만 원도 되지 않을 양말 꾸러미지만 사 갈 때면 그 무뚝뚝한 아빠도 표현이라는 것을 했다. 그 이후 양말은 아빠의 계절에 대한 나의 은근한 책임 같은 것이 되었다.

아빠가 갑자기 말을 걸 때는 부탁할 일이 있다는 뜻이

다. 최근 몇 년간 나는 말다툼을 피하는 가장 좋은 방법은 말하지 않는 일이라는 걸 깨닫고 아빠 앞에서 말수를 극도로 줄여왔다. 그럼에도 아빠가 나를 부를 때는, 꼭 필요한 무언가가 있는 것이다. 아빠는 겸연쩍게 양말을 어디서 샀느냐고 묻는다. 목이 길지도 짧지도 않고 색상도 마음에 드는 이 양말을 파는 곳이 너무 궁금하단다. 학교 앞이라고 말하면 당장이라도 달려갈 기세였다. 집돌이 중의 최고 집돌이인 우리 아빠가 여대 앞 양말 가게를 수소문할 상상에 키득대려는데, 아빠가 한마디 더 덧붙인다.

"웬만하면 계속 신겠는데… 빵꾸 나서 더는 신을 수가 없어."

설마 하고 쳐다보는데 정말로 구멍 난 양말을 신고 있다. 아빠는 방금 외출에서 돌아왔으니, 그 양말을 구두 속에 감춰 여기저기 돌아다닌 셈이다. 티브이를 켜면 가끔 난데없이 마음이 북북 찢길 때가 있다. 국제구호단체 광고를 볼 때가 그렇다. 팔도 다리도 빼빼 말랐는데 어디가 아픈지 배만 심각하게 많이 나온 소년이 시름시름 앓고, 후원 문의 공팔공 어쩌고저쩌고로 끝나는 그런 광고들 말이다. 아빠의 양말을 보면서 나는 갑자기 마음이 북북 찢긴 것 같은 기분이 들었다. '왜 미리 말하지 않은 걸까?' 하면서도 아주 예전에 얼핏 양말 이야기를 들은 기억이 나는 것도 같아 찔렸다.

그러고는 아무 말도 하지 않고 방에 들어와 11번가에서 남성 양말을 검색했다. 별점이 높은 판매자의 제품 중 중목 양말 블랙 반 그레이 반으로 여덟 켤레를 주문했다. 마침 내 양말이 도착했고, 외출했다 돌아온 아빠는 거실에서 큰 소리로 "고마워! 잘 신을게!"라고 말했다. 나는 언제부턴가 아빠가 외출했다 돌아와도 방에서 나가보지 않고, 내가 외출했다 들어와도 아빠에게 인사하지 않는 딸이 되었다. 그런데 불러내기는커녕 방 안에서도 잘 들리라고 큰 소리로 고맙다고 말해주는 아빠에게 미안해져서 거실로 나갔다.

내 멋대로 고른 양말이 다행히도 색상과 길이가 딱 좋다는 말에 안도의 한숨을 쉬면서 새삼 양말에 고맙다. 양말은 열다섯 살의 중학생, 스무 살의 새내기 대학생, 서른 살의 직장인에게는 물론 육십 살이 넘은 우리 아빠에게도 똑같은 행복을 선사하기 때문이다. 아빠의 구멍 난 양말에 멈칫한 것은 양말 하나 사달라는 말을 하기까지 고민했을 아빠 얼굴이 떠올라서가 아니었을까. 오늘도 양말 하나로 효도 아닌 효도를 했다.

나를 사랑하지 않는 아기들에게

- 아기에게 사랑받는 아기수칙 -

사랑의 반대말은 무관심이다. 관심이 없으면 미워할 수조차 없다는 것이다. 나는 이 보편적인 진리를 나를 스쳐 간 수많은 아기에게서 발견해 왔다. 왜인지는 모르겠지만 아기들은 꾸준히 나를 무시했고 나는 늘 아기들에게 매달렸다. 그들의 무관심은 어른들의 외면보다 더 큰 슬픔을 안겨주었다. 아기들은 거짓말을 못 하기 때문이다. 나는 이제 아기들에게 지루한 사람이라는 걸 인정해야 했다. 그렇지만 상처받는 건 싫었다. 결국 나는 다른 방법을 선택했다. 애인한테 차이기 전에 먼저 차는 심정으로 아기에게 큰 관심이 없는 척하기로 한 것이다. 아기를 보면 아기 못

미친,
오늘도
너무 잘 샀잖아

지않게 관심 없는 척할 것. 그것이 서른 살까지의 아기수칙이었다.

첫 번째 아기수칙은 2019년 1월 15일에 깨졌다. 조카 혜원이가 태어난 날이다. 야근을 하다 소식을 듣자마자 택시를 타고 인천에 있는 병원으로 달려갔다. 막 태어난 아기는 통통 불어서 대왕대비마마 같은 인자한 미소를 짓고 있었다. 그날 나는 다시 아기와 사랑에 빠졌다. 아기가 나에게 관심이 있고 없고는 중요하지 않았다. 쟤가 나에게 관심이 없으면 관심을 갖게 하면 될 터였다. 그렇게 두 번째 아기수칙이 생겼다. 아기에게 관심받기 위해서는 각고의 노력을 기울일 것. 여기서 중요한 건 주변 시선을 신경 쓰면 안 된다는 점이다. 아기 앞에서 온갖 이상한 소리와 몸짓을 펼치던 사람을 여럿 본 적 있다. 첫 번째 아기수칙밖에 모르던 나는 그 사람들을 이상하게 생각했다. 하지만 그건 잘못된 생각이었다. 그런 부끄러움조차 이겨내지 못할 사람이라면 아기의 관심을 받을 자격이 없는 게 맞았다.

관심을 획득하기 위해서는 같이 술 한잔 마신 적 없는 형부 앞에서도 원숭이 흉내를 낼 줄 알아야 한다. 엉덩이를 실룩대는 것은 물론이고 쪼쪼댄스를 비롯한 막춤은 물론이고 가상의 친구들에 빙의해서 끊임없이 말을 걸어야 한다. 특히 토순이라는 친구가 유용했다. 괴상한 목소리로 인형극을 펼치는 나에게 자괴감이 들었지만 그런 건 아기가 한 번 웃어주기라도 하면 싹 잊혔다. 시간이 지나자 같이 누워 있으면 혜원이가 내 얼굴을 만지기 시작했다. 난생처음 받아본 아기의 관심에 감격해서 나는 세 번째 아기 수칙을 정비했다. 아기를 만날 때는 노 메이크업, 노 향수. 노 메이크업은 많이 못 지켰지만 노 향수만큼은 꼭 지켰다. 잘한다 잘한다 하면 더 잘하고 싶듯 아기의 작은 관심을 맛본 나는 더 큰 관심을 맛보고 싶어졌다.

아기들은 지루한 걸 싫어한다. 지루함을 없애는 가장 좋은 방법은 노래다. 네 번째 아기수칙은 무한 동요 부르기다. 아기랑 놀 때도 좋지만 아기가 돌연 울려고 할 때 유용하다. 핵심은 계속 부르면서 관심을 끌어야 한다는 것이다. 노래가 끝나면 아기도 더는 봐주지 않는다. 수많은 아기수칙 남발로 마음을 빼앗는 방법을 조금씩 터득해 나가던 중, 친한 언니가 아기를 낳았다. 의문이 생겼다. 조카가 아닌 아기에게도 관심을 받을 수 있을까? 충분히 그럴 수 있다는 언니의 격려 속에 50일 된 아기를 보러 상암동에 갔다. 아쉽게도 50일 된 율이는 내내 잤다. 그렇지만 율이에게는 이유식을 시작한 조카에게서는 볼 수 없는 분유 얼굴이 있었다. 분유 얼굴이란 누가 봐도 아기스러운, 아직 분유만 먹는 아기 얼굴을 뜻한다. 나는 분유 얼굴을 다시 보러 올 것을 약속하며 상암동을 떠났다.

아기랑 서로 모른 체하던 시절은 까맣게 잊은 채 아기들과의 약속이 늘어갔다. 미혼이지만 일주일에 이틀은 아기들과 선약이 있는 나. 국제아기주간은 그렇게 시작되었다. 금요일에는 상암동에 가서 율이의 분유 얼굴을 보고 토요일에는 혜원이의 이유식 얼굴을 보러 가는 일정이었다. 나는 율이 마음을 사로잡으려고 아기 인싸템이라는 루돌프 멜로디봉봉을 샀다. 그건 십 개월이 된 아기를 키우는 혜원이 엄마한테 얻은 고급 정보였다. 아기와의 약속을 위해 연차도 썼다. 전날은 소설가의 강연과 반차 보상비를 두고 몹시 비교했는데 이건 연차인데도 큰 고민이 되지 않았다. 가끔은 돈보다 소중한 가치가 있는 법이다. 아무리 생각해도 아기의 마음은 돈보다 소중했다.

아기의 마음을 얻으려고 평소보다 2톤 높은 목소리로 입장했다. 소란스러운 등장에 율이는 낯가릴 새도 없이 어리둥절해했다. 지난 육 개월 동안 조카와 연습한 것을 바탕으로 경건하게 루돌프 멜로디봉봉을 틀며 주접을 떨었다. 결과는 대성공이었다. 곧 떨어질 듯한 볼과 동그란 눈, 복슬복슬한 머리카락을 가진 율이가 꺅 소리를 내면서 웃어준 거였다. 율이의 웃음은 지난 세월 나를 외면한 수많은 아기를 충분히 잊게 했다. 아기를 웃겼다는 사실은 어느새 내 자신감의 일부가 되었다. 아기의 시간은 우리와는 다르게 흘러서 율이는 그사이 눈이 단춧구멍만 해지더니 잠이 들었다.

아기가 자는 동안 우리의 소울푸드인 야채튀김을 곁들인 엽기떡볶이와 와인을 먹고, 내 소울푸드인 과일치즈와 홈런볼도 먹었다. 상암동 언니는 내가 연차를 쓴다는 말에 부랴부랴 장을 봤는데 깜빡하고 홈런볼을 빼먹어서 급히 쿠팡에서 주문했다고 했다. 로켓배송이라도 시켜 홈런볼을 먹이겠다는 집주인의 정성에 왈칵 눈물을 쏟을 뻔했다. 율이는 기념사진 촬영에도 꽤 협조적이었다. 드디어 조카가 아닌 남의 아기에게도 인정을 받았다는 사실에 기쁨을 감출 수가 없었다. 더 영광스러운 것은 율이의 첫 뒤집기를 목격한 두 번째 사람이 나였다는 거다. 율이는 바로 전

날 뒤집기를 시작했는데 회식이 있던 형부는 두 눈으로 목격하지 못했다고 한다. 하지만 나는 연차를 쓰고 달려온 덕분에 율이 아빠를 힘껏 제칠 수 있었다. 뒤집기를 두 번째로 목격한 사실 또한 자신감의 일부가 되었다.

상암동 언니는 곧 이사를 가기 때문에 이것이 상암동에서는 마지막 만남이 될 것 같았다. 새삼 진지하게 언니와 포옹하고 잘 지내라며 엘리베이터를 탔는데 다급하게 전화가 왔다. 셀카 봉을 놓고 갔다고. 셀카 봉을 놓고 간 덕에 율이에게 좀 더 질척거릴 수 있었지만 다음 날도 조카를 보려면 체력을 아껴야 했다. 차도 없고 면허도 없는 나는 혜원이에게 달려갈 때 시민의 발인 대중교통을 이용한다. 주의할 점은 그 발을 좀 자주 바꿔야 한다는 건데 아기를 보기 위해서 버스를 타고 지하철을 무려 세 개 노선을 이용해야 한다. 동대구도 다녀올 수 있다는 왕복 세 시간의 여정….

혈육과 나는 자연스레 배민을 뒤졌다. 조카네 집 주소를 확인하는 가장 좋은 방법은 배민에 등록된 주소를 확인하는 것이다. 베트남 음식을 골랐지만 80분이나 걸린다고 했다. 아기를 보겠다는 순수한 마음 때문에 공복으로 뛰쳐

나왔기 때문에 80분을 견딜 자신이 없었다. 아쉬운 대로 구운 치킨을 시켜 먹었다. 아쉬운 마음으로 시킨 것치곤 너무 맛있어서 집에서도 시켜 먹으려고 메모하고 말았다.

약한 감기에 걸렸다는 조카의 약봉지에 '0세'라고 적혀 있었다. '0세 10개월'이라는 단어가 너무 귀여워서 한껏 재롱을 부렸지만 오늘따라 웃음이 짰다. 아무리 발을 흔들며 양말 귀신을 연기해도 희미한 미소조차 찾아볼 수 없었다. 짜디짠 웃음왕소금이 되어버린 혈육의 딸 앞에서 나는 유치하게도 상암동 언니의 아기를 떠올렸다. 조카 앞에서 다른 아기 영상을 보는 도발을 시전하기도 했다. 오늘 내 눈앞의 아기가 안 웃어주더라도 기죽지 말자. 상암동에서 난 나름 스타 이모였으니까. 국제아기주간의 교훈은 이런 것이었다. 내 앞에서 안 웃는 아기에게 당황하지 말고 나에게 웃어주는 아기를 생각하자. 그러려면 역시 아기 경험이 많아야 하나….

나를 사랑하지 않는 아기들에게 상처받지 않기로 했다. 아기들은 꾸밈이 없고 사실 내가 지루했을 뿐. 그게 아니라면 그냥 컨디션이 나빴을 뿐. 국제아기주간은 많은 것을 남겼다. 아기 두 명 중 한 명은 나한테 웃어줄 거라는 것, 사랑받고 싶으면 먼저 사랑해 주자는 것, 사랑을 할 때 주변 시선을 신경 쓰지 말자는 것, 사랑하는 사람과 더 많은 시간을 보내자는 것. 앞으로 총인건비 준수와 연차 촉진을 위해 아기를 만날 때만큼은 연가 보상비 생각은 말고 휴가를 펑펑 써야겠다고 다짐했다.

실패한 위로의 역사

- 위로의 적정선 -

마음이 쪼글쪼글해지는 날에는 누군가의 위로가 없다면 단 하루도 버티지 못할 것 같은 기분이 든다. 내 마음은 한 번 커질 새도 없이 수시로 쪼그라들곤 한다. 한껏 작아진 마음을 달래줄 위로가 필요할 때는 보통 사소한 순간들이다.

오랫동안 고심한 건 아니지만, 출근 스트레스로 일요일 밤부터 월요일 새벽까지 한껏 방황하다 충동구매한 트렌치코트가 너무 길어서 바닥에 끌리기 일보 직전일 때. 허리를 꽉 졸라 입어봐도 여전히 '스튜핏'일 때. 다시 보니 모델 언니는 9척 장신의 외국인이었다는 슬픈 깨달음을 안고 출근했는데 마감에 쫓겨 이리저리 마음을 졸일 때.

마감 기간이 끝나 바로 처리할 수 없는 일에 대해 양해를 구하는데 상대방이 막무가내일 때. 그리고 이 모든 일을 옆자리 언니에게 설명하며 고된 밥벌이의 피로를 쇼핑으로도 달랠 수 없다는 좌절을 다시 한번 느낄 때.

그런데 옆자리 언니는 내 마음에 들어갔다 나왔는지 내가 원하는 말만 골라 한다.

"뭐? 모델이 잘못했네. 누가 그렇게 키가 크래. 나는 그래서 외국인 모델 기피하잖아."

"이미 마감됐는데 어떻게 처리를 해. 고생했어. 이제 마감했으니까 잊어버려."

놀랍도록 순차적인 언니의 공감은 나의 민원 사항을 적절히 해소해 준다. 보통의 위로는 이렇게 공감에서부터 시작한다. 그런데 매일같이 위로를 달고 사는 내가 반대로 위로해야 하는 상황이 되면 좀 곤란해진다. 나는 내가 위로에 곧잘 실패하는 편이라고 생각하기 때문이다. 기억하는 최초의 실패한 위로는 중3 때다. 수능을 망친 언니를 위해 빵집에서 유리병에 담긴 사탕을 샀다. 언니는 나만큼 단 걸 좋아하지도 않았고, 사탕에 흥미도 없었다. 결국 사탕은 내가 다 먹었다. 누군가를 위로하기 위해 내가 좋아하는 걸 사다니! 일차원적인 나의 짧은 생각에 한탄하며 다음에는 상대방 입장에서 생각해야겠다고 다짐했다.

그다음 위로는 스무 살 즈음이었던 것 같다. 친구 어머니가 세상을 떠나셨다는 비보를 접하고 급하게 장례식장으로 가던 중이었다. 어떤 위로의 말을 할지 고민하는데 갑작스레 어머니를 떠나보냈을 친구를 생각하니 벌써 슬펐다. 결국 나는 검은색 옷을 어색하게 입은 채로 친구를 보자마자 두 손을 잡고 아무 말도 하지 못한 채 눈물을 뚝뚝 흘리고 말았다. 당시 아빠의 입원으로 짧은 병원 생활을 겪은 내가 친구의 마음 중에 가늠할 수 있는 것은 부모님의 병 앞에서 속절없이 바닥나는 마음 같은 것이었다. 어쩐지 눈물이 한동안 멈추지 않았다. 그러나 식사 자리에서 밝게 웃고 떠드는 친구들을 보며 나는 이번 위로도 단단히 잘못되었다는 생각이 들었다.

집에 가서 엄마에게 물어보니, 장례를 치를 때 가족이 슬퍼하지 않고 웃을 수 있도록 밝은 분위기를 유지하려는 경우도 있다고 했다. 듣고 보니 그랬다. 친구를 오히려 더 슬프게 만든 것 같아서 미안해졌다. 당분간은 슬픈 소식이 없기를 바라지만 만약 그런 일이 생긴다면 눈물을 참고 친구를

260

미친,
오늘도
너무 잘 샀잖아

위로해 줄 정도로 단단해지기를 바랐다. 그로부터 몇 년이 흘러 십 년 지기의 아버지 부고를 들은 날, 이번에는 결코 울지 않으리라 다짐했다. 결국은 화장실에 몰래 숨어 눈물을 훔치고 나와야 했지만, 이전보다는 담담하게 친구를 꼭 안아 줄 수 있었다. 이번에는 눈물을 흘리는 대신 퇴근 후 시간을 쪼개 친구 옆에 있어주려고 했다. 이것마저도 다시 생각해 보니 친구를 성가시게 한 건 아닐까 미안해졌다. 늘 신경 쓴다고 해도, 위로하는 입장에서는 매번 아쉬움이 남곤 했다.

그리고 몇 주 전, 매일같이 위로 중독인 나를 챙기느라 여념이 없는 옆자리 언니가 조심스레 걱정을 털어놓았다. 얼마 전 아버지가 혈뇨 증상으로 병원 검사를 받았는데, 생각보다 결과가 좋지 않은 것 같다고. 가까운 사람의 부모님이 아프다는 소식을 들을 때면 어느덧 서른이 된 내 나이를 실감하면서도 마음에 뭔가 걸린 듯 답답해져 온다. 십 년 전부터 신장병을 투병 중인 아빠 생각이 나서 남 일 같지 않아 안절부절못했다. 그러나 그동안 비수가 되어 꽂혔던 말들이 떠올라 쉽게 위로를 건넬 수가 없었다. 생명의 지장은 없으니 다행인 것 아니냐는 무심한 말들, 검사 결과를 채근하던 사람들, 감정적인 주변의 반응을 부담스러워하면서도 나에게 이런 사정이 있는 걸 알면서 평소처럼 대하면 또 그게 서운했다.

그래서 언니에게 이것저것 묻는 것이 조심스러웠다. 암이 예상된다는 좋지 않은 소식에 진부하게, 고민 없이 금방 나을 거라고 말하기도 싫었다. 교회나 성당은 다니지 않지만 열심히 기도하겠다는 말만 덧붙였다. 아버지의 수술을 앞두고 언니는 연차를 쓰기로 했고, 나는 응원과 기원의 마음을 담아 타르트 한 상자를 사서 전혀 심각하지 않은 척 우스갯소리를 잔뜩 적은 메모를 붙여 건넸다. 그러고는 내일 수술 잘될 거라는 말을 하려는데 그간 우리 아빠가 받았던 수술이 하나둘씩 떠올라 갑자기 목이 메었다. 눈에 뭔가 들어간 척하며 '아 이번 위로도 실패인가' 하는데, 갑자기 사진 찍는 소리가 찰칵찰칵 울려 퍼졌다. 이런 상황에도 인증 사진을 남기는 언니가 귀여웠다. 그러면서도 나는 훗날 생색을 내기 위해 카톡으로 보내달라고 재촉하는 걸 잊지 않았다.

정신이 없어 내가 준 타르트로 끼니를 때웠다는 말에 뿌듯하면 안 될 것 같은 뿌듯함을 느끼며 초조하게 수술이 잘 끝났다는 소식을 기다렸지만 언니는 말이 없었다. 다음 날 언니는 의료진이 경고한 여러 가지 최악의 상황들에 잔뜩 겁을 먹은 채로 출근했다. 나는 원래 모든 가능성을 알려주는 것이 그들의 의무이기도 하고, 결과가 나올 때까지 지켜보자고 말했다. 하지만 나조차도 언니가 자리를 비우면 혹시 병원인가 하고 신경을 곤두세웠다. 아무렇지 않게 점심을 먹고 양치를 하러 가서 언니는 사실 병원에서 큰 수술을 해야 할 수도 있다고 했다며 펑펑 울었다. 금방이라도 눈물이 쏟아져 나올 것 같았지만 같이 울기라도 하면 걷잡을 수 없을 것 같아 이를 악물고 눈물을 참았다. 며칠 후 출근길, 언니는 다행히 큰 수술을 하지 않고도 항암 치료를 하게 되었다는 소식을 전해왔다.

그게 과연 다행이라고 말할 수 있는 상황인지는 모르겠지만, 우리는 서로 질세라 진짜 다행이라는 말을 백 번 정도 반복하면서 사무실로 가는 계단을 하나씩 올랐다. 사랑하는 사람이 큰 수술을 받고 항암 치료를 시작해도 어김없이 날은 밝고, 그래서 출근은 해야 하고, 사람들은 아무것도 모른 채로 전화를 해오기 때문이다. 그러나 마음이 약해질 때는 그런 반복적인 일상조차도 버겁고 야속하게 느껴진다는 것을 알기에, 나는 오늘도 누군가를 위로할 준비를 한다. 과하지는 않지만 무성의하지는 않게, 이리저리 위로의 적정선을 가늠하면서 말이다.

너는 나의 셜마
- 우리는 모두 누군가의 셜마였다 -

한 사람과 급속도로 친해지는 데는 여러 이유가 있다. 예를 들면 취미가 같다거나, 비슷한 시기에 차였다거나, 대화가 잘 통한다거나 그런 이유들이다. 스물두 살이던 나와 Y의 취미는 성대모사였다. 내 인생에서 취미로 성대모사를 하는 인간은 전혀 없었기에 Y에게 강하게 끌렸다. 게다가 Y는 나보다 한 수 위였다. 자신 있게 도라에몽 성대모사가 취미라고 밝히며 여러 명 앞에서 도라에몽 되기를 주저하지 않았다. 청중의 폭발적 반응에 감화된 나는 염치없게 도라에몽을 훔쳐 Y가 없는 모임에서 본투비 도라에몽인 척하며 관심을 끌곤 했다. 말하자면 우리는, 어떻게 하면 더 잘 성대모사를 할 수 있는지 연구하던 진지한 사이였다.

Y는 누가 봐도 유쾌하고 비범한 사람이었다. 오래 만난 남자 친구와 헤어지고 나서 슬퍼하는 대신 축구공 클럽을 창단했다. 축구공 클럽은 축구공처럼 뻥 차이기만 하는 사람들의 모임이었다. 절대로 키커는 가입할 수 없었다. 공교롭게도 Y와 비슷한 시기에 축구공이 된 나는 축구공 클럽 창단 멤버로 낙점되었다. 전체 멤버는 단둘. 회장인 Y와 나는 곧 쓰라린 상처를 함께 견디는 이별 동료가 되었다. Y는 전 남친과 만취 통화를 허락하는 유일한 사람이었다. 우리는 자주 취했고 2차로 노래방에 가서 꼭 거미 노래를 불렀다. 노래방에서 맥주는 부르는 게 값이기 때문에 돈이 없던 우리는 캔 맥주를 가방 속에 몰래 숨겨야만 했다. 애창곡은 <친구라도 될걸 그랬어>. 하지만 우리는 그의 친구도 거미도 아닌 고작 전 여친이었다. 가끔 노래를 부르다 Y가 없어져 화장실에 가보면 핸드폰을 들고 울고 있었다. 그럴 때마다 나는 못 본 척하고 다시 돌아가 거미의 <그대 돌아오면>을 열창했다.

술도, 노래도, 고기도, 빙수도 우리를 위로할 수 없다는 생각이 들던 어느 날 Y는 이별 여행을 제안했다. 밤 8시였다. 바로 탈 수 있는 기차가 딱 하나 있었는데 2만 원이 넘었다. 그게 제일 싼 무궁화호였고 새마을호는 4만 원 가까이 했다. 우리는 4만 원은커녕 2만 원도 부담스러운 청춘이었기에 새마을호라는 선택지가 없다는 것이 오히려 즐거웠다. 왕복 5만 원에 이별의 아픔 따위 훌훌 털어버리고 오자는 패기로 여행을 시작했다. 그러나 우리는 차비를 아낀 만큼 소중한 시간을 지불해야만 했다. 기차는 무려 다섯 시간을 달려 새벽 3시에 목포역에 도착하기로 되어 있었다. 나는 Y를 좋아하는 만큼 별명도 많이 지었는데 우리의 첫 번째 별명은 '김설마'와 '안혹시'였다. 설마는 설마설마하면 늦는 애였고, 나는 혹시나 하여 시간을 맞춰 나가는 애였기 때문이다. 어린 왕자는 약속 상대가 4시에 온다면 3시부터 행복했지만 나는 설마를 4시에 만나기로 한 날에는 정확히 4시부터 불행해졌다. 매번 늦었기 때문이다.

설마에게 늦어서 기차를 놓치기라도 하면 가만 안 둘거라고 엄포를 놓았다. 다행히 설마는 제시간에 나타났다. 어렵게 도착한 목포에서는 할 수 있는 게 아무것도 없었다. 새벽 3시였기 때문이다. 누가 봐도 사연 있어 보이는 이십 대 여성 두 명은 편의점에서 맥스봉을 몇 개 사서 먹고 야무지게 양치도 했다. 역 안에 앉아 해가 뜰 때까지 멍하니 기다렸다 목포에서 가장 유명한 산이라는 유달산에 올랐다. 산에 오른 건 중학교 2학년 때 이후로 처음이었다. 밤 기차에서 한숨도 못 잔 우리는 대낮도 아닌 아침 9시에 고비를 맞았다. 결국 유달산 정상에서 설마는 《짜라투스트라는 이렇게 말했다》라는 두꺼운 책을 얼굴에 덮고 잠이 들었다. 눈물과 회한으로 가득할 줄 알았던 이별 여행 아침은 겉멋과 졸음으로 가득했다.

이별 여행이라는 말은 이성을 헤집어놓는 경향이 있다. 평소 같았으면 차갑게 무시했을 느린 우체통 앞에서 우리는 무섭도록 똑같은 생각을 했다. 엽서를 써서 우체통에 넣으면 일 년 후에 발송해 준다고 했다. 애석하게도 쓸지 말지는 고민거리가 아니었다. "야. 뭐라고 쓰지? 대박 개랑 일 년 후에 다시 만나는 거 아냐?" 우리는 자연스레 '받는 사람'란에 전 남친의 이름과 주소를 쓰고 있었다. 그때 우리는 몰랐다. 전 남친들과의 재회는커녕, 목포시 관광 안내소에 일 년 전에 쓴 엽서를 취소해 달라며 터무니없는 말을 해대는 자신들의 구차한 모습을.

설마와 나는 이별의 아픔을 핑계로 좋아하는 가수의 노래를 틀어놓고 립싱크를 하며 뮤비를 찍었다. 유람선을 타고, 게살 비빔밥을 먹고, 가족에게 줄 빵을 사고, 빈 정자에서 낮잠을 자다 쫓겨났다. 음악분수를 보고, 4만 5천 원이나 하는 민어회를 먹고, 또다시 밤 기차에 몸을 실었다. 월요일에 떠난 우리는 이별 덕분에 단 한숨도 자지 못한 채 수요일을 맞이했다. 본격 무박 3일, 날벼락 같은 이별 여행. 영등포역에 도착하니 또 새벽 3시였다. 집을 떠난 지 36시간 만이었다. 한결같이 역을 지키는 노숙자들도 잠이 들고, 24시간 매장인 크리스피크림도넛만이 빛을 내던 시간이었다. 그곳에서 처량하게 시간을 보내다 첫 차를 타고 겨우 집으로 갔다. 입고 갔던 바람막이 주머니에서는 미련만큼이나 많은 모래가 한 움큼 나왔다.

설마는 나를 만나는 날에는 꼭 맛있는 걸 사준다며 현금을 십만 원씩 뽑아 오던 애였다. 영화관 알바였던 설마 덕분에 영화관에서 영화는 안 보고 밥만 먹기도 했다. 씨지브이는 대단한 핫도그 맛집이었다. 팝콘, 버터구이 오징어, 포도 맛 환타 맛집이기도 했다. 취직을 한 설마는 곧 별명을 갈아치웠다. 두 번째 별명은 흥청이였다. 돈을 흥청

망청 쓰고 다녔기 때문이다. 홍청이는 나에게 고기를 사주고, 노래방 비용도 쾌척하고, 심지어 번거롭게 맥주를 숨겨서 들어가지 말고 그냥 노래방에서 사 먹자고도 했다. 부르는 게 값인 노래방 맥주를 쿨하게 사 먹는 어른이 된 홍청이를 보면서 나도 얼른 어엿한 망청이가 되고 싶다는 생각을 했다.

열렬했던 우리는 사소한 오해로 연락을 끊었다. 네가 늦으면 나도 늦으면 된다고 문제 삼지 않았던 설마의 한결같은 지각이 신경에 거슬리고, 힘들다는 설마의 카톡이 어렵게 느껴졌을 쯤이었다. 친구 사이에도 권태기가 있다는 것을 어렴풋이 알게 되었다. 마음의 문을 닫고 이야기 좀 하자던 설마의 말을 거절했다. 당시는 설마도 나도 개인적으로 힘든 시기였는데, 나는 부담스럽다는 핑계로 설마의 이야기를 듣지 않았다. 나를 지키는 것이 중요하다며 내린 이기적인 선택이었다. 결국 함께 알던 모임에도 두문불출하며 모르는 사람처럼 지냈다.

사회생활을 시작하고 성대모사가 아닌 다른 취미가 생겼다. 취미로 글을 쓰기 시작해서 수업을 들으러 합정역에 갔는데 원래 알던 빙수집이 난데없이 곰탕 전문점이 되어 있었다. 새삼 세월을 실감했다. 그곳은 수년 전에 술을 진탕 마시고 필름이 끊긴 설마를 집까지 데려다주고 포상으로 녹차 빙수를 먹던 곳이었기 때문이다. 글쓰기 수업에서는 가수 가을방학의 정바비 이야기가 나왔다. 가을방학은 설마와 나의 이십 대를 세차게 흔든 가수였는데 수업에서는 아무도 정바비를 몰랐다. 이 사실을 설마가 알았다면 얼마나 황당해했을까? 모든 것이 설마를 말하는 듯한 하루였다. 설마가 생각났지만 연락하기가 쉽지 않았다. 전 남친보다 어려운 여자는 처음이었다.

그러던 와중 회사 차장님이 뜬금없이 혹시 설마를 아느냐고 물었다. 알고 보니 차장님은 설마와 같은 화실을 다니고 있었고, 회사 이름을 듣고 설마가 나를 아느냐고 물어봤다는 것이다. 이쯤 되면 설마는 정말 내 전 여친쯤 되는 듯하다. 며칠을 고민하다 설마에게 카톡을 보냈다. 솔직하게 그때의 마음을 털어놓고 미안하다고 말했다. 설마는 그건 정말 네 잘못이 아니라고, 죄책감을 느끼는 데 삶을 허비하지 말자는 멋진 말로 나를 도닥여 주었다. 다투고 화해하는 사이 어느덧 우리는 서른이 넘었고, 다시 만나면 눈물바다를 이룰 것 같았지만 이상하게 스물둘 처음 만난 그날처럼 하나도 어색하지 않았다. 그리고 그날 설마는 늦지 않았다.

이제 우리의 취미는 달라졌다. 나는 글을 쓰고 설마는 그림을 그린다. 하지만 나는 가끔 설마를 떠올리며 글을 쓰고, 설마는 나중에 내가 결혼할 때 그림을 선물해 주겠다고 한다. 자랑스러운 축구공 클럽 회장이었던 설마는 얼마 전 결혼했다. 오랜 친구 설마의 결혼식에서 "신부 입장!"이라는 말이 끝나자마자 나도 모르게 눈물을 뚝뚝 떨어뜨리고 말았다. 결혼식만 가면 오열하는 건 내 고질병이지만 설마의 결혼은 왠지 모르게 더 찡했다. 설마에게 건넨 행복하게 잘 살라는 말은 진부했지만 진심이었다.

오랜 이별의 역사를 상술하고 끝으로 결혼 생활의 행복을 빌려니 어쩐지 절에서 예수님을 찾는 기분이다. 하지만 항상 내 글을 좋아해 주었던 설마니까, 소설은 써본 적도 없는 나에게 항상 자기를 주인공으로 써달라던 뻔뻔한 애니까, 그래서 설마의 친구답게 뻔뻔한 방식으로 그의 행복을 빌어본다.

돈을 써야만 글 쓰는 사람

- 돈이 인도하는 삶 -

어린 시절 나는 반찬 투정이 심한 아이였다. 아빠의 불호령도, 엄마의 따뜻한 권유도 먹히지 않았다. 하지만 그중에서도 유일하게 만족스러운 반찬이 있다면 바로 집 앞 미도파슈퍼마켓에서 파는 즉석 구이김이었다. 생김에 들기름을 번들번들하게 발라 그 자리에서 구워주는 김이었는데 과하게 바삭바삭하거나 짜기만 한 여느 조미김과는 달랐다. 그 김에 흠뻑 빠져 몇 달 동안 그것으로만 밥을 먹었다. 세월이 흘러 미도파슈퍼마켓이 지에스슈퍼마켓으로 바뀐 후에도 반찬 투정을 할 때면 종종 엄마가 직접 들기름을 발라 김을 구워주곤 했다.

중학교 2학년 때 동네에서 때아닌 디지털카메라 열풍이 불었다. 단지 내가 신문물에 혹해서인지는 모르지만 친구들과 나는 디카가 있어야 이 세상이 제대로 돌아가리라고 믿었다. 덜컥 구매를 결심했지만 중학생 신분으로 카메라를 살 방법은 없었다. 고심 끝에 학교에 걸어 다니기로 했다. 당시 교통비로 3만 원을 받았는데 열 달 정도 걸어 다니면 카메라를 살 수 있을 것 같다는 열망에 사로잡혔다.

실제로 집에서 학교까지 걷기에는 애매하고 버스 타기에는 짧은 거리라서 나름 걸을 만했다. 우리 집에서 나갈 때 친구에게 문자를 보내 중간 지점에서 만났다. 그 친구도 디카를 갈망하고 있었기에 어떤 디카를 살지 떠들다 보면 금방 학교 앞이었다. 세 달 정도를 부모님 몰래 걸어 약 8만 원의 자금을 모았는데 그사이 친구 중 몇몇이 나보다 먼저 디카를 사면서 왠지 더는 걷고 싶지 않다는 생각이 들었다. 고민하다 아빠에게 꼬깃꼬깃 접힌 지폐가 모인 저금통을 보여주며 디카를 갖고 싶다고 조심스레 고백했다. 직접 사달라고는 안 했으나 사주면 좋겠다는 완곡한 제안이었다.

돈의 액수보다는 세 달이나 학교에 걸어 다녔다는 정

성에 감동해 버린 아빠는 바람대로 캐논 익서스 카메라를 사주었다. 당시 가지고 있던 폰카메라는 무려 외장형이라 사진이 찍고 싶을 때마다 주머니에서 주섬주섬 꺼내야 하거나 8만 화소밖에 되지 않아 얼굴이 심하게 뭉개지는 단점이 있었다. 디카를 사고 나서 사진에 취미를 붙였다거나 재능을 보였다 하는 특별한 일은 전혀 일어나지 않았다. 설날에 찍은 뜬금없는 떡국 사진을 마지막으로 나의 첫 디카는 첫 해외여행을 앞두고 공항에서 운명을 다했다.

그렇다. 나란 인간은 뭔가에 꽂히면 끝을 봐야 하는 사람이다. 이 성격의 장점은 꽂히면 지구 끝까지라도 쫓아가 소기 목적을 달성한다는 것이다. 단점은 꽂히지 않으면 아무것도 시작하지 않는다는 것이다. 김에 꽂혀 몇 달 동안 김만 먹던 나는 여전히 편식하는 습관을 많이 고치지 못했고 입맛이 없을 때는 아직도 김을 애용한다. 하지만 편식하는 친구를 여러 명 만나서 그간의 인생을 합리화하는 데 성공했다.

디카를 사려고 등굣길을 걷던 나는 직장인이 되었고, 출근길에 굳이 걷지 않아도 물건을 살 수 있는 당당한 소비자가 되었다. 중학생 때나 지금이나 물욕은 여전히 왕성

해서 월급은 내 키만큼 받지만 돈을 물 쓰듯이 쓰는 어른이 되었다. 예를 들면 책은 여러 권 사지만 완독에는 곧잘 실패하고, 편의점에서 하는 디즈니 컵 랜덤 행사에 기꺼이 돈을 쓰면서까지 운을 점쳐보는 사람이 되었다. 자주 가는 이비인후과 옆에는 좋아하는 옷 가게가 있고 어쩐지 감기에 걸릴 때마다 옷을 사게 된다. 급변하는 21세기에 매일같이 다른 기분으로 샤워하려면 바디워시도 다섯 개 정도는 있어야 한다. 혹자는 그렇게 살면서 저축하긴 하느냐고 묻지만 놀랍게도 그 와중에 저축한다.

아무래도 이 모든 것은 회사에서 소처럼 일한 탓이다. 회사를 사랑하지는 않지만 회사에서 주는 월급을 사랑하고, 그걸로 살 수 있는 모든 재화와 서비스를 사랑한다. 별다른 취미랄 게 없던 내가 글쓰기를 시작한 것도 작년 여름 돈을 내고 글쓰기 수업을 듣고 나서였다. 나에게는 몹시 세속적인 버릇이 있는데 나가기 싫을 때마다 그 수업의 단가를 계산하는 일이다. 아무래도 누워서 생돈을 날릴 수는 없기에 침대에서 일어나게 된다. 돈은 가끔 나를 겸손하고 부지런하게 만든다.

오늘은 새로 신청한 글쓰기 수업 첫날인데 아침부터

흐리고 비가 왔다. 무의식적으로 침대에 누워 25만 원을 6으로 나누다가 나도 모르게 씻게 되어서 이 글을 쓰고 있다. 억지로는 아무것도 하지 않는 나지만 돈을 쓴 덕분에 글쓰기는 나름 즐기는 취미가 되었다. 가끔은 마음에 안 드는 사람 이야기를 글로 쓰고, 가끔은 바디워시에 대해 글을 쓴다. 글을 혼자 쓰는 건 아무래도 좀 외롭다고 생각하기에 누구보다도 조회수에 연연한다. 그렇지만 은근히 관심받는 건 좋아도 주목받는 건 부끄러워서 겉으로는 전혀 아닌 척한다.

언제까지 글을 쓸지는 모르겠지만, 한번 꽂힌 건 끝까지 해야 직성이 풀리는 나는 꽤 오래도록 글을 쓸 것 같다.

미친,
오늘도
너무 잘 샀잖아

에필로그:

글을 쓴다는 핑계

끝내주는 글을 써야겠다고 다짐했을 때는 매번 잘 안 되었다. 그런 생각이 들 때면 늘 비장하게 다짐했다. 반드시 끝내주는 글을 써서 독자의 마음을 휘어잡고 그들의 통장마저도 사로잡겠다고. 아쉽게도 돈을 쓰는 것은 독자가 아니라 항상 나였다. 하지만 돈을 쓰고 다닌 덕에 글을 쓰게 되었으니 다행일지도 모른다. 돈을 쓰는 재미로, 오늘도 너무 잘 샀다며 나 자신과 하이 파이브를 하기도 모자라 꼼꼼히 기록까지 했던 지난날들. 그런 하루하루가 모여 이 책이 되었다는 것이 아직도 얼떨떨하기만 하다.

글을 쓴다는 핑계로 저지른 일이 참 많다. 내가 책을 사야 내 책도 팔릴 것 같아서 책을 사다 사다 못해 알라딘의 플래티넘 등급이 되었다. 글감에 혈안이 되어서 술을 마시면서도 친구를 닦달했다. 혹시 유명한 작가가 될까 해서 몰래 사인도 연습했다. 그러다 원고를 쓰는 데 진척이 없다는 이유로 덜컥 노트북을 샀다. 무려 12개월 할부로. 새삼 글을 쓰기로 한 건 정말 잘한 일 같다는 생각이 들었다. 글을 쓴다는 이유만으로 고가의 노트북을 덜컥 살 수 있다니…. 누군가의 뚝배기를 깰 만큼 무겁지만, 성능은 여전했던 옛 노트북을 단번에 모른 척할 수 있다니…. 무엇보다 눈여겨보던 노트북 파우치를 드디어 살 수 있다니. (실패는 성공의 어머니라지만, 소비는 소비의 어머니다.)

이쯤 되면 돈을 쓰기 위해서 글을 쓰는 게 아닌가 헷갈릴 정도다. 혹시 한 명이라도 궁금할까 봐 굳이 밝히자면 정말 그런 건 아니다. 돈을 쓰면 신이 나서 글을 쓰게 되고, 글을 쓰면 또 이상한 자신감이 솟아나서 돈을 쓰게 된다. 좋아서 하는 일이 우연처럼 반복될 뿐이다. 밥을 먹으면 똥을 싸게 되고, 똥을 싸면 배가 고파지는 것과 같은 이치다. 그렇지만 밥을 먹기 위해서 똥을 싸거나 똥을 싸기 위해서 밥을 먹는 것은 아니듯, 글을 쓰기 위해서 돈을 쓰는 것도, 돈을 쓰기 위해서 글을 쓰는 것도 아니다. 그저 자연스럽게 벌어지는 일일 뿐이다. (아무도 궁금하지는 않겠지만 나는 먹는 것도, 똥 싸는 일도 좋아하는 편인 것 같다.)

앞으로도 나에게 글을 쓴다는 핑계가 많아졌으면 좋겠다. 글을 쓴다는 이유 하나만으로 덜컥 벌일 수 있는 일이 많이 생기기를 바란다. 매번 끝내주는 글은 아니더라도 꾸준히 쓰는 사람이 되고 싶다. 물론 나도 나름대로 계속해서 글을 쓸 수 있는 장치를 마련하고 있다. (도저히 안 쓰고는 못 배기게) 12개월 할부로 고가의 노트북을 산다든가, 글쓰기로 생계비를 마련하겠다는 부담을 줄이려고 회사원으로서의 본분을 다한다든가 하는 방식으로 말이다. 그런 의미에서 소중한 시간과 돈을 소비해 이 책의 마지막 장까지 읽어준 당신에게도 부탁하고 싶다. 당신만의 방식으로 글을 쓴다는 핑계를 만들어주기를. 해시태그 많이 걸어주기를. 입소문 많이 내주기를. 어쩌다 반만 읽고 잠든 날에는 꿈에 내 책이 나오기를. 오늘도 터무니없는 소원보다는 실현 가능한 소망을 가져본다.

미친, 오늘도 너무 잘 샀잖아

초판 1쇄 발행 2020년 9월 5일

지은이 안희진
펴낸이 권미경
편집 김효단
마케팅 심지훈, 강소연, 김재영
디자인 this-cover.com
일러스트 최연주
펴낸곳 (주)웨일북
출판등록 2015년 10월 12일 제2015-000316호
주소 서울시 마포구 월드컵로32길 22, 비에스빌딩 5층
전화 02-322-7187 **팩스** 02-337-8187
메일 sea@whalebook.co.kr **페이스북** facebook.com/whalebooks

ⓒ 안희진, 2020

ISBN 979-11-90313-48-3 (03810)

소중한 원고를 보내주세요.
좋은 저자에게서 좋은 책이 나온다는 믿음으로, 항상 진심을 다해 구하겠습니다.

이 도서의 국립중앙도서관 출판예정도서목록(CIP)은 서지정보유통지원시스템 홈페이지
(http://seoji.nl.go.kr)와 국가자료종합목록 구축시스템(http://kolis-net.nl.go.kr)에서 이용
하실 수 있습니다. (CIP제어번호 : CIP2020035079)